KB234194

권택기의
꿈, 약속, 실천

권택기의 꿈, 약속, 실천

초판 1쇄 찍은날 2011년 9월 1일
초판 1쇄 펴낸날 2011년 9월 5일

지은이 권택기
펴낸이 최윤정
펴낸곳 도서출판 나무와숲

등 록 22-1277
주 소 서울특별시 송파구 방이동 22 대우유토피아 1304호
전 화 02)3474-1114
팩 스 02)3474-1113
e-mail : namuwasup@namuwasup.com

ISBN 978-89-93632-18-7 03810

* 책값은 뒤표지에 있습니다.
* 잘못 만들어진 책은 구입하신 서점에서 바꿔 드립니다.

권택기의
꿈, 약속, 실천

어린 시절, 할머니가 계시는 큰집에 가려면 청솔골이라는 곳에서 버스를 내려 해곡 나루터까지 포장도 되지 않은 길을 걸어야 했다. 한두 시간씩 걸어야 하는 시골길은 도시처럼 볼 것이 있는 것도 아니고 특별히 즐길 만한 것도 없어서 지루하기 짝이 없는데, 이때 돌멩이는 아주 좋은 놀잇감이었다. 판판하고 납작한 돌멩이 하나를 구해다가 발부리로 차고는 쫓아가고 또 차고는 쫓아가다 보면 그 먼 길을 언제 왔는가싶게 쉬이 걸을 수 있었다.

그러나 처음부터 끝까지 돌멩이에만 열중한 건 아니다. 가끔씩 뒤돌아서서 지나온 길을 되짚어 보거나 가야 할 길을 가늠해 보기도 했다. 그런데 놀랍게도 여태껏 오로지 앞을 향해 똑바로 차면서 왔다고 생각했는데 어느새 굽은 산모롱이를 돌아와 있거나 꽤 높은 고갯길을 넘어와 있어서 흠칫 놀랄 때가 많았다.

발끝만 보고 걷는 길이 똑바로 가고 있는 것인지 굽은 것인지 알 수 없듯이 하루하루의 삶에 쫓기는 생활은 그것이 바른 길인지 그른 길인지 알 수가 없다. 그래서 삶도 가끔씩 멈춰 서서 바르게 살고 있는지, 또

권택기의 꿈, 약속, 실천

앞으로 어떻게 살아갈 것인지 가늠해야 한다.

　국회의원에 당선되고 나서 지금까지의 시간을 한 번쯤 돌아볼 필요가 있다는 조언을 종종 들어 왔다. 그러나 미래를 위해서는 오직 오늘에 충실해야 한다는 핑계로 차일피일 미루어 왔다. 더 이상 핑계대지 말고 그동안 걸어온 길을 되돌아봐야겠다는 생각을 하게 된 것은 새해 첫 산행을 하면서였다. 정상에 올랐다가 내려오는 길에 문득 긴 시골길을 걸을 때 버릇처럼 발로 차고 다니던 돌멩이가 떠올랐기 때문이다.

　막상 돌멩이를 떠올리자 의원 생활 3년을 하면서 겪었던 수많은 일들과 이러저러한 이유로 만난 숱한 사람들이 마치 필름처럼 휙휙 지나갔다. 선택하지 않은 길에 대한 아쉬움도 있고, 내 선택이 과연 옳은 길이었는가 하는 의구심도 여전하다.

　이 글은 어떻게 살아왔는지, 또 그동안 무슨 일을 얼마나 해왔는지에 대해 감히 평가받기를 바라며 쓴 글이 아니요, 평가를 받을 시기도 아니다. 다만 앞으로 무엇을 할 것인가, 어떻게 살 것인가를 가늠하다 보니

부득이 무엇을 했으며, 어떻게 살아왔는가를 스스로 점검해 보는 메모
요 기록이라는 점을 사족처럼 덧붙인다.

내가 가는 이 길이 어디로 가는지
어디로 날 데려가는지 그곳은 어딘지
알 수 없지만 알 수 없지만 알 수 없지만
오늘도 난 걸어가고 있네

사람들은 길이 다 정해져 있는지
아니면 자기가 자신의 길을 만들어 가는지
알 수 없지만 알 수 없지만 알 수 없지만
이렇게 또 걸어가고 있네
나는 왜 이 길에 서 있나
이게 정말 나의 길인가
이 길의 끝에서 내 꿈은 이뤄질까
–GOD의 노래 〈길〉 중에서

권택기의 꿈, 약속, 실천

가슴 벅찬 뜨거움으로 시작한 이 길의 끝이 어디인지, 그 길의 끝에서 정녕 내 꿈이 이루어질지는 아직 모른다. 하지만 그동안 내가 경험한 것과 배운 것들을 통해 형성된, 소위 신념을 지키며 뚜벅뚜벅 걸어갈 것이다.

물론 이 길은 혼자 걸을 수 없고 혼자서 걸어서도 안 된다는 사실을 잘 안다. 간혹 서너 발짝 앞서서 걷는 이들도 있을 테고, 그만큼 뒤처져서 걷는 이들도 있을 것이다. 지쳐서 비틀거리는 사람도 있을 테고, 그 자리에 주저앉으려는 사람도 있을 테지만 함께 가야 한다. 함께 가야 똑바로 갈 수 있고, 멀리 갈 수 있다. 또 그 먼 길의 끝에 있는 꿈과 만나게 될 확률도 높다. 함께 꾸는 꿈은 현실이 된다니까…….

2011년 8월 아차산 아래서

천택기

02 CHAPTER

따뜻한 젊은 정책의 약속

KOREA

함께 꿈을 향해 걷는 길

출발에서의 기회 평등, 패자부활 프로그램, 노블리스 오블리제, 이 세 가지가 충족될 때
우리 사회는 공정사회로 나아갈 수 있고, 또 지속성장이 가능한 모델을 만들 수 있다.
우리 사회는 지금 성장의 한계에 봉착했다. 지금과 같은 시스템으로는 지속가능한 성장이 불가능하다.
우리 사회의 지속 가능한 성장을 위해서는 공정사회가 그 해답이라고 생각한다.

대한민국, 성장의 한계에 왔다

'한강의 기적'이라는 말이 한때 우리나라를 소개하는 자랑스러운 수식어였던 적이 있다. 초가집은 없어지고 마을 길은 넓어졌으며 푸른 산, 맑은 물보다 산업의 역군들이 흘리는 땀방울과 공장에서 치솟는 연기를 더욱 자랑스럽게 생각하던 시절이었다. 그도 그럴 것이 일제 식민지의 그늘에서 신음하다가 해방을 맞은 뒤엔 동족상잔의 비극인 전쟁으로 온 나라가 폐허가 돼버린 쓰라린 경험을 겪었으니, 산업화는 곧 가난의 극복이요 풍요의 시작이었기 때문이다. 경제성장과 더불어 민주화에 대한 열망으로 1987년 6·10 시민운동이 일어났고, 그 결과 최소한의 절차적 민주주의도 이루게 되었다.

그러나 초고속 성장의 위풍을 자랑하던 대한민국 경제는 1997년 외환위기를 맞아 IMF에 모든 것을 맡겨야만 하는 처지가 되었다. IMF는 우리 사회에 많은 변화를 가져왔다. 고속 성장에서 저속 성장으로 일자리는 줄어들고, 시장개방 압력에 안방까지 쳐들어오는 밀물 같은 해외자본들의 힘에 국내 자본들은 눌려야 했으며, 중산층 붕괴로 인한 사회 양극화로 계층 간의 갈등은 한층 심화되고 있다. 이로 말미암아 양적 성장

의 한계를 절감한 국민들의 질적 성장 요구와 다양한 이익집단의 상충
되는 욕구가 혼란스럽게 충돌하고 있다.

1910년에서 현재에 이르는 100년의 시간 동안 우리는 대한민국의 근
본 체제인 자유민주주의와 시장경제를 구축했다. 경쟁과 자유, 이것이
오늘의 우리를 만든 원동력임은 부인할 수 없다. 그러나 미래의 100년도
여전히 경쟁과 자유가 우리 사회 발전의 원동력이 될 것인지는 의문이다.
언제부턴가 우리 사회는 침체의 늪에 빠졌다. 활력이라고는 찾아보
기 힘들 정도로 무기력해졌다. 혹자는 '희망이 없다' 는 말로 표현하기
도 한다. 우리 주변의 삶을 들여다보면 감히 부정할 엄두가 나지 않는다.
치열한 입시경쟁과 사교육에 매달려 숨조차 제대로 쉴 수 없는 10대,
낭만은커녕 공부만 하다가 대학을 졸업해도 취업하기가 하늘의 별 따기
인 20대, 맞벌이를 해도 보육비와 사교육비를 감당하기 힘든 30대, 허
리가 휘도록 일하고 열심히 저축해도 내 집 마련의 꿈을 이루는 사람들
은 고작 30%뿐인 40대, 가정에서는 고개 숙인 가장이요 직장에서는 정
년퇴직이 코앞인 50대, 은퇴 후에도 노후대책이라고는 전혀 준비하지

못해 막막하기 이를 데 없는 60대, 용돈벌이가 없으니 자식들 눈치를 봐야 하는 70대……. 이렇게 늘어놓고 보니 그야말로 총체적 난국이 아닐 수 없다. 상황이 이러할진대 여전히 경쟁과 자유만을 부르짖는 건 공허하다.

'이태백'에게 희망을 줘야

'9988'이라는 말이 있다. 노인복지관에 가면 '9988'은 '99세까지 88하게 사세요, 건강하게 사세요'라는 말로 통한다. 경로잔치 등에서 내가 '99' 하고 선창하면 어른들이 '88' 하고 박수를 치면서 즐거워한다. 그러나 경제적으로는 중소기업의 중요성을 뜻하는 말로, 산업체의 99%, 고용의 88%를 중소기업이 담당하고 있다는 말이다.

정부는 2008년 9월 글로벌 금융위기를 극복하기 위해 고환율 정책을 써왔고, 덕분에 수출 중심의 대기업은 상당한 초과이익을 보고 있다. 그럼에도 불구하고 대기업들은 일자리를 거의 창출하지 않고 있다.

정운찬 전 총리의 '초과이익공유제'는 이런 상황에서 나왔다. '대기업과 중소기업이 동반성장해 달라'는 강한 메시지에 대해 대기업 회장

권택기의 꿈,약속,실천

한 분이 심하게 반발했다. 과연 그 대응이 옳은 것인지, 국민들의 싸늘한 시선을 느끼기는 했는지 궁금하다.

그런데 이상하게 중소기업인들의 반응도 싸늘했다. 이유는 간단하다. 일한 만큼 대우해 달라는 것이다. 불공정한 거래 관행, 쥐어짜는 원가인하 압박 같은 상하 관계를 해결하면 되지, 구걸하듯 대기업의 이익을 나눠 먹고 싶지 않다는 중소기업인들의 자존심이었다. 대기업들의 수출이 잘 되면 일자리가 만들어질 것이라고 기대했지만 현실은 그렇지 못했던 것이다.

하지만 중소기업과의 동반성장을 통해 중소기업과 대기업 간의 임금 격차를 줄인다면 중소기업의 구인난도 해결할 수 있고 청년들의 구직난도 해결할 수 있다. 그렇지 않고서는 청년실업 문제를 해결하기 어렵다.

튀니지에서 재스민 혁명이 일어난 원인 또한 먹고사는 문제였다. 컴퓨터를 전공한 26세 모하메드 부아지지가 취업에 실패하고 과일 노점상으로 근근이 살아가던 중에 경찰의 강압적인 단속을 받자, 이에 항거해 분신자살을 한 것이 발단이 되었다. 이집트 1·25 시민혁명을 비롯한 중동 문제 역시 30%에 달하는 청년실업이 문제였다. 청년실업 문제를 해결하지 않고서는 대한민국의 지속가능한 성장 또한 불가능하다.

요즘 저출산이 사회적 이슈로 떠오르고 있다. 왜 문제인가? 높은 보육비도 문제지만, 실제로는 전 단계에 문제가 있음을 어렵지 않게 파악할 수 있다. 취업이 안 되니 설령 애인이 있어도 결혼을 못한다. 안정된 직장이 있어야 결혼을 하는데 비정규직으로 근무하니 결혼이 늦어지고, 또 맞벌이를 하지 않으면 안정적 생활이 불가능하기 때문에 아이 낳을 엄두를 못 내는 것이다.

이처럼 20대 청년실업 문제를 해결하지 않으면 우리 사회의 안정적 성장 모델을 만들기 어렵다. 대기업이 일자리를 만들지 못한다면 중소기업과 상생해서라도 일자리를 만들어야 한다. 대기업이 중소기업에게 일한 만큼 보상을 해주고 상하 관계가 아닌 협력 관계로 중소기업의 경쟁력 제고에 도움을 준다면, 중소기업도 직원들에게 대기업에 버금가는 급여를 줄 수 있을 것이다. 그래야 막힌 청년실업의 물꼬도 틀 수 있다.

베이비붐 세대의 퇴장과 지속성장의 문제

베이비붐 세대는 1955년부터 1963년 사이에 태어난 세대를 말하는데, 이들의 정년퇴직이 올해부터 본격적으로 시작되었다. 우리 사회에서 베이비붐 세대는 시장을 활성화시키는 큰 역할을 해왔다. 부동산 경기를 활성화시키는 견인차 역할을 했고, 수요와 공급의 시장경제에서 수요를 창출해 온 장본인들이다. 통계에 따르면 2018년부터 우리나라는 초고령화 사회에 진입하게 되는데, 이들의 퇴장과 함께 경제 다방면에서 수요가 급격하게 떨어지리라는 것을 예측하기란 어렵지 않다. 수요 없이 우리 경제가 버틸 수 있을지 걱정이 아닐 수 없다. 앞으로 7년밖에 남지 않았으니 지금부터 준비하지 않으면 또 다른 사회문제로 한바탕 홍역을 치를 것임이 분명하다.

노인정에 인사를 다니다 보면 "노인의 기준을 70세로 올려라. 70세로 올려서 70세부터 노인에 대한 예우를 알차게 해주고, 대신 69세까지는 일자리를 만들어 근로소득을 만들어 달라"는 요구를 자주 듣게 된다.

직장인들은 대부분 60세 전에 은퇴하는데, 평균수명이 80세를 넘어

가는 오늘날 은퇴 후에도 최소한 20년 이상을 더 살아야 한다. 그 20년에 대한 준비를 과연 몇 %나 하고 있을까? 그리고 그 준비를 개개인에 맡겨놨을 때 그게 과연 가능할까?

　노인 문제 역시 지속성장 문제와 관련해 지금 이 시점에서 검토해야 할 중요한 문제다. 다음 정부는 이 문제를 해결하기 위한 방향을 분명하게 제시해야 한다.

　추가 감세를 둘러싼 논쟁도 좀더 신중할 필요가 있다. 개인적으로는 추가 감세에 반대하는 입장이다. 요즘 언론을 통해 소수의 몇몇 대기업이 고환율 정책 덕에 1조~2조의 영업이익을 내고 있다는 뉴스를 접했다. 분명 좋은 소식임에도 불구하고 서민들은 기뻐하기보다는 허탈감과 함께 착취당했다는 생각을 한다는 사실에 주목할 필요가 있다. 상황이 이러한대 추가 감세를 해준다고 해서 대기업이 일자리를 창출할 것이라고 믿지도 않거니와 국민경제의 저변을 끌어올릴 수 있다고 판단되지도 않는다. 우리 사회가 과거에는 2대 4대 4, 즉 중산층이 40% 정도를 받쳐주고 있을 때도 있었지만, 지금은 정서적으로 1대9 사회가 되어 버렸다.

권택기의 꿈, 약속, 실천

이런 상황은 단지 양극화의 심화뿐만 아니라 상대적 박탈감의 문제라는 사실을 직시할 필요가 있다.

내 지역구인 광진구에는 서울 시내에서 반지하가 제일 많은 동네가 있다. 그곳에 사는 주민들을 만나면 "과거에는 국가가 성장하면 아이들을 잘 키우고 잘살 수 있다는 기대감이 있었는데, 참을 만큼 참았고 견뎌 왔지만 이제는 믿지 않는다"는 얘기를 서슴지 않고 한다. 성장을 통해 파이를 키워서 나눠 가질 수 있다는 말을 믿지 않는 것이다.

이명박 정부의 지지도가 계속해서 떨어지고 있다. 정권 말기 현상이기도 하지만, 경제에 대한 불안과 미래에 대한 불확실성이 가중되면서 나타나는 문제일 것이다. 이것은 한 정권의 문제이기에 앞서 우리 경제가 총체적 한계에 다다랐다는 사실을 보여주는 단면이라고 생각한다.

누가 우리 사회를 공정하다고 할 수 있나

심각한 양극화 현상으로 '개천에서 용이 날 수 있다'는 희망이 사라지는 삶은 우리를 힘빠지게 한다. 이제 우리 사회의 패러다임을 바꿔야 한다.

나는 '공정사회'라는 개념이 우리 사회의 새로운 질서를 만들 수 있는 계기가 될 것으로 생각한다. 결과의 평등만 강조한다면 우리 사회의 성장 가능성은 사라질 수밖에 없다. 기회의 평등을 어떻게 만들어 줄 것인가가 바로 공정사회의 핵심이다.

잘사는 동네 초등학교와 어려운 동네 초등학교의 학력 수준이 다르다. 심각한 문제가 아닐 수 없다. 잘사는 동네 초등학교 학부모들은 기본적으로 경제적 여유가 있어 아이들이나 학교에 대한 관심이 많은 데 비해 어려운 동네 학부모들은 그렇지 못하다. 경제적 여유에 따른 학력 격차가 이미 초등학교 때부터 나타나는 것이다. 과연 잘사는 동네에서 큰 아이와 어려운 동네에서 큰 아이에게 기회의 평등이 가능한가? 아마도 동의하기 어려울 것이다. 이러한 격차를 어떻게 줄여 나갈 것인가? 이것이 나의 고민거리이고, 또 내가 해결해야 할 일들이다.

공정사회를 위해서는 낙오자가 다시 일어설 수 있는 패자부활전 프로그램이 반드시 필요하다. 그렇다면 패자부활전을 어떻게 만들 것인가? 금융소외 서민들을 위한 미소금융, 햇살론, 보금자리론이 보완재

일 수는 있지만 근본적인 대안은 못 된다. 결국 재교육 등 국가적 지원에 의한 자활, 패자부활 프로그램이 준비되어야 한다.

아울러 사회적으로 성공한 사람들의 기부 활성화가 절대적으로 필요하다. 경쟁에서 낙오한 사람들, 패자부활전에서 낙오한 사람들, 그 사람들에겐 도움의 손길이 절실하다. 그러나 정부의 세금만으로는 부족하다. 무상복지는 하늘에서 떨어지는 것이 아니기에 결국 성공한 사람들이 우리 사회의 체제 유지 비용을 감내해야 한다는 차원에서 사회적 기부에 적극 참여하는 나눔과 사랑의 실천이 필요하다.

출발에서의 기회 평등 , 패자부활 프로그램, 노블리스 오블리제, 이 세 가지가 충족될 때 우리 사회는 공정사회로 나아갈 수 있고, 또 지속성장이 가능한 모델을 만들 수 있다.

우리 사회는 지금 성장의 한계에 봉착했다. 지금과 같은 시스템으로는 지속가능한 성장이 불가능하다. 우리 사회의 지속가능한 성장을 위해서는 공정사회야말로 그 해답이라고 생각한다.

반듯한 젊은 정치의 꿈

내가 꿈꾸는 광진의 미래가 그렇다. 가족과 이웃이 함께 아차산을 오르고
한강의 시원한 강바람을 쐬며 산책을 하고 새롭게 단장된 어린이대공원에서 온 가족이 둘러앉아
김밥을 맛있게 먹는 평화로운 동네, 맑은 하천으로 복원된 긴 고랑 길을 따라 걷다가
중랑천에서 유람선을 타고 한강으로 나아가는 편리한 동네, 하늘을 찌를 듯한 스카이라인이 아니라
자연과 잘 어우러진 아담하고 예쁜 집에서 사람과 사람 사이의 정을 느낄 수 있는 푸근한 동네,
중산층과 서민이 서로를 배려하고 기대며 더 나은 미래를 설계하는 희망의 동네.

정자정야 政者正也를 따르는 길

내가 광진구와 인연을 맺은 것은 대학 시절이다. 동생이 이곳의 고등학교로 진학하면서 중곡4동에 반지하방을 얻어 함께 생활한 것이 시작이다. 이곳에서 졸업을 했고 사회생활도 여기서 시작했다. 1994년 결혼을 하고 신혼살림을 꾸린 곳도 광진구이고, 첫째 아들도 얻었다. 시골 출신 촌놈인 내게는 제2의 고향인 셈이다.

허나 동네를 돌아다니다 보면 나처럼 10년 정도 산 사람은 감히 광진 사람이라는 명함을 내밀기조차 부끄러울 때가 많다. 20년은 말할 것도 없고 30년 이상 이 동네를 고향으로 삼아 살고 있는 분들의 수가 여간 많은 게 아니다. 무엇이 이곳을 떠나지 못하게 만들었을까.

광진구를 둘러싸고 있는 강동구·송파구·동대문구만 해도 고층 아파트들이 즐비하다. 반면 인구 10만이 넘는 중곡동 일대에는 200세대가 넘는 아파트가 단 한 동도 없다. '아차산 경관을 보호하기 위해서'라고는 하지만 참으로 대조적인 풍경이 아닐 수 없다. 아파트로 빈부를 구분하기는 모호하지만 어찌되었거나 광진구가 다른 지역보다 낙후한 것은 사실이다. 낙후하다는 것은 불편하다는 뜻과도 통한다.

낙후하고 불편한 이곳을 터전 삼아 삶을 꾸리는 우리 지역의 주민들은 고층 아파트가 없는 대신 독특한 보물을 가졌다. 그것은 다름 아닌 '정'이다. 아이 손을 잡고 길거리에만 나가도 웃으며 반겨 주는 이웃 할머니가 있고, 콩나물을 사더라도 한 줌을 더 얹어 주는 전통시장 아주머니의 따스한 손길이 있다. 옆집에 누가 사는지도 모르는 아파트의 삭막함이 아니라 대문을 활짝 열어놓은 아래윗집이 스스럼없이 오가는 푸근함이 주민들의 발길을 붙들어 놓은 것이다.

세상이 각박해진 것은 산업화나 근대화와 시기를 같이한다. 물질 만능인 세상이 되면서 정신은 고갈되고 인심은 황폐해졌다. 건물과 도로와 자동차만이 삶의 질을 나누는 척도가 되고, 사람과 사람 사이에 흐르는 소통과 인정의 가치는 곤두박질쳤다.

"사람 나고 돈 났지, 돈 나고 사람 났냐?"

동네 선술집에서 한잔 술에 불콰해진 동네 어르신들 입에서 자주 듣는 소리다. 어릴 적엔 아주 흔하게 듣던 말인데도 한동안 까맣게 잊고 있었던 이 얘기를 나는 이곳에서 다시 들었다. 이것이 바로 나로 하여금 내 이웃과 동네에 애정과 희망을 갖게 하는 이유다.

올해 신년인사를 드리러 김영삼 전 대통령 댁을 방문했을 때, 대통령은 "새해는 우리나라 모든 분야가 정직하고 반듯하게 우뚝 서서 선진국으로 도약하는 원년이 되기를 간절히 소망한다"고 덕담을 건네시며 올해

권택기의 꿈, 약속, 실천

우리 광진 주민들은 고층 아파트 대신 '정'이라는 독특한 보물을 가졌다. 이것이 바로 나로 하여금 광진에 애정과 희망을 갖게 하는 이유다.

휘호를 '정자정야政者正也'로 정하셨다고 한다.

　이 말은 『논어』의 '안연편'에 나오는 것이다. 중국 춘추시대에 노나라의 대부인 계강자季康子가 정치에 대해 묻자, 공자가 "정치란 것은 바르게 하는 것이다"라고 대답한 데서 유래한 말이다. '정자정야' 뒤에는 "자솔이정子帥以正이면 숙감부정孰敢不正이리오"라는 말이 덧붙는데, 이는 "지도자가 솔선하여 바르게 행하면 누가 감히 바르게 행하지 않을 수 있겠는가"라는 뜻으로 지도자의 솔선수범을 강조한 말이다.

　공자 말씀이 다 그렇듯이 너무나 당연한 말인지라 고개를 끄덕이다가 어릴 적 외할아버지 앞에서 읽었던 또 다른 공자 말씀이 떠올라서 빙그레 웃었다.

반듯한 젊은 정치의 꿈

'근자열 원자래近者說 遠者來'

이 또한 『논어』의 '자로편'에 나오는 말로, 초나라의 섭공葉公이 선정을 베풀지 못해 많은 백성들이 다른 나라로 떠나자 이를 고민하며 공자에게 묻자 그에 답한 말이다. "가까이에 있는 당신의 백성을 기쁘게 하면, 그 소문을 듣고 먼 나라의 백성들이 몰려올 것"이라는 뜻이다.

내가 꿈꾸는 광진의 미래가 그렇다. 가족과 이웃이 함께 아차산을 오르고 한강의 시원한 강바람을 쐬며 산책을 하고 새롭게 단장된 어린이대공원에서 온 가족이 둘러앉아 김밥을 맛있게 먹는 평화로운 동네, 맑은 하천으로 복원된 긴고랑 길을 따라 걷다가 중랑천에서 유람선을 타고 한강으로 나아가는 편리한 동네, 하늘을 찌를 듯한 스카이라인이 아니라 자연과 잘 어우러진 아담하고 예쁜 집에서 사람과 사람 사이의 정을 느낄 수 있는 푸근한 동네, 중산층과 서민이 서로를 배려하고 기대며 더 나은 미래를 설계하는 희망의 동네. 이쯤 되면 근자열近者說 정도는 될 것 같고, 이제 원자래遠者來만 기다리면 되는 것 아닐까.

아, 그전에 빠진 게 있다. 정자정야政者正也가 우선이다. 바른 일꾼, 솔선수범하는 일꾼의 모습을 우선 갖춰야 한다는 것이다. 스스로에게 묻는다. 너는 그런 덕을 갖추었느냐고. 하지만 내 마음속의 대답은 흔쾌하지 않다. 아직도 멀었다. 광진을 위한 일꾼이 되겠다고, 대한민국을 위한 일꾼이 되겠다고 나섰으면서도 늘 스스로에게 부족함을 느낀 적이 한두 번이 아니다. 초선 의원으로서의 미숙함 때문에 장벽에 부딪히기도 했고, 그 과정에서 의욕과 현실이 다름을 깨닫기도 했다.

그러나 그렇게 부딪히고 깨지면서도 아직 포기하지 않은 것이 있다.

권택기의 꿈, 약속, 실천

'초심', 즉 첫 마음이다. 각자가 지닌 구체적인 소망이 다르고 각자가 처한 현실이 다를지라도 지금보다 한 뼘이라도 더 살 만한 세상을 만들기 위해 함께 가자는 것, 그 길에 내가 작은 도구라도 될 수 있다면 모든 것을 기꺼이 내드릴 각오로 이 길에 들어섰고, 이 길을 걷는다는 것. 이것이 내 첫 마음이다.

그런가 하면 '수급불류월水急不流月'이라는 말이 있다. 풀자면 "물이 아무리 급하게 흘러도 물속의 달은 흐르지 않는다"는 뜻이다. 즉 세월이 아무리 빠르게 변해도 사람 간의 정리情理나 초심은 변함없어야 한다는 말이다. 보지는 못했지만 연극 중에 이런 작품도 있었다. 이강백 선생의 작품인데 그 제목이 〈내가 날씨에 따라 변할 사람 같소?〉다. 그렇다. 빠르게 흐르는 물속에서도 흐르지 않는 달처럼, 날씨에 따라 변하지 않는 사람처럼 꾸준히 내 길을 걸을 것이다.

산을 내려오면서 영화사를 지나게 될 즈음이면, 아침 일찍 등교하는 초등학생들과 아이들을 안전하게 학교까지 등교시키려는 녹색어머니들의 호각 소리와 만나게 된다. 천진난만한 표정으로 재잘대며 등교하는 아이들을 볼 때마다 나는 이 아이들에게서 광진의 미래와 대한민국의 희망을 본다.

반듯한 젊은 정치의 꿈

성숙한 민주사회를 위하여

반듯한 젊은 정치의 꿈

우리나라의 민주주의 수준은 전 세계를 통틀어 보더라도 결코 뒤처지지 않는다. 상대적으로 짧은 기간에 우리는 많은 것을 성취해 왔다. 그리고 지금도 더 나은 세상을 향해 끊임없이 앞으로 나아가고 있는 민주국가다.

한일합방 100주년이었던 2010년, 지난 한 세기를 돌아보면서 새삼 우리가 격동의 시대를 살아왔음을 알 수 있었다. 우리는 폐허에서 출발했다고 해도 과언이 아니다. 조선시대에서 일제 치하로 넘어오면서 과거는 단절되었고, 왕조는 되돌릴 수 없는 역사 속의 기록으로 남게 되었다. 광복을 맞이하자마자 숨 돌릴 틈도 없이 곧바로 전쟁을 겪으면서 경제적으로, 물질적으로, 또 정신적으로 모든 것을 잃어버린 폐허의 땅이 되어 버렸다.

혼란스럽던 정치 현장에 군부정권이 들어섰다. 박정희 대통령 시대에 들어와서 국민들은 '우리도 뭔가를 할 수 있다'는 새로운 인식의 전환을 경험했다. 새마을 노래를 부르고 새마을운동이 시작되면서 '부지런하면 우리도 잘살 수 있다'는 생각을 하게 된 것이다. 동남아시아를 비롯한 아프리카 후발 국가들이 새마을운동을 자국의 개발 모델로 수입하려는 것을 보면 평가할 만한 가치가 있는 게 분명하다.

그러나 그 과정에서 정치·경제는 물론 언론과 문화까지도 중앙정부의 통제를 받으면서 사회 전체가 통제의 틀 속에 갇히고 말았다. 중앙통제 방식은 한편으로는 경제성장을 가속화시켜 준 측면이 있지만, 다른 한편으로는 문화와 정신까지도 획일화시키는 결과를 낳았다. 또 오로지 고도성장을 위한 일방통행식 통치여서 국가의 공익에 비해 개개인의 가치는 그다지 소중하게 인정받지 못했다.

고속성장을 거치면서 의식주를 어느 정도 해결할 수 있게 되자 그동안 억눌려 왔던 욕구들이 살아나면서 우리 사회는 서서히 변화하기 시작했다. 민주화를 요구하는 목소리가 점점 커지더니 급기야 온 국민의 동의를 얻은 6·10 민주항쟁으로 번졌다. 1987년의 일이다.

1980년 광주항쟁, 1987년 민주항쟁이 완결되지 못했던 것은 당시 우리나라가 사회적·경제적으로 한계를 지니고 있었기 때문이라고 나는 생각한다. 국민소득이 5천 달러도 안 되는 상황에서 그 이상의 민주주의를 구축하기에는 한계가 있었던 것이다.

'보통사람'의 시대는 사람이 주인공이 되는 역사적 성취를 이룬 시대였다. 사람보다 기계의 생산성이 중요시되었던 산업화 시대에서 군인이 아닌 보통사람, 통제와 권위주의가 아닌 사람이 근본이라는 인식이 싹트기 시작했으니 이는 커다란 변화라고 할 수 있다.

권택기의 꿈,약속,실천

광복을 맞이하자마자 곧바로 전쟁을 겪는 등 우리나라는 진정 격동의 시대를 살아왔다. 사진은 정무위원회 소속 위원들과 함께 방문했던 독립기념관에서 손도장을 찍는 모습.

그런 '보통사람'의 시대를 거쳐 '문민정부'를 맞아 국민들의 정치적 욕구가 더욱 커지면서 민주화를 갈망하게 되었다. 이때부터 집단의 이익보다 개인의 가치가 중시되면서 사회가 급격하게 다원화되기 시작했다.

'세계화'라는 개념이 대두된 것도 문민정부 때부터였다. 사실 우리나라 사람들의 의식 밑바탕에는 '단일민족'이라는 정체성이 강한 편이다. 이러한 관념은 국민의 결집력을 높이는 데는 기여했으나, 오늘날처럼 다원화되고 세계화된 사회에서는 자연스럽게 사라져가는 추세이다. 그러나 경제수준은 아직 세계화의 개념을 따라잡지 못했고, 세계화라는 것도 현실적으로 구체화되기는 어려운 여건이었다.

그 후 우리 기업들이 해외로 진출하고 1인당 국민소득이 2만 달러에

반듯한 젊은 정치의 꿈

이르게 되면서, 해외로 나가 공부를 하거나 일을 하는 사람들이 많아졌다. 시장이 점점 열리는 것도 세계화로 가는 거스를 수 없는 추세이다.

오늘날 양적 민주화는 어느 정도 구축되었다. 이제 한 단계 더 뛰어넘어 지향해야 할 것은 질적 민주화, 즉 성숙한 민주사회다.

지금 우리 사회는 다양한 사회적 욕구들이 서로 충돌하고 한편으로는 양극화가 심화되면서 복잡하고 풀기 어려운 문제들이 산적해 있다. 국민소득이 1만 5천 달러에서 2만 달러 사이일 때 양극화 현상이 가장 극명하게 나타난다고 한다. 서민들의 요구는 커지는 반면 정부의 예산은 한정된 탓에 양적 성장 속도는 빠르지만 그 성장 속도에 비해 질적 성장 속도는 상대적으로 더디기 때문이다.

이 시기의 많은 문제들을 해결하기 위해 필요한 것은 무엇보다도 국가 경제력이다. 국가의 경제규모 자체가 커져야 한다. 국민소득이 3만 달러 이상이 되면 사회안전망도 어느 정도 안정적으로 구축할 수 있다고 한다. 이것이 질적 민주화를 구축하기 위한 앞으로의 방향이다. 2007년 대선에서 '경제를 살려야 한다'는 이야기에 국민들이 대체로 공감했던 것도 우리 사회가 이제는 더 나은 질적 민주화 시대를 원하기 때문이다.

성숙한 민주사회는 이 모든 것을 거쳐 앞으로 나아가기 위해 노력하는 가운데 도래한다. 현재 우리나라는 질적 민주화를 이루기 위한 과도기에 놓여 있다. 지난 한 세기, 격동의 시대를 살아오면서도 짧은 기간 안에 뛰어난 민주사회를 구현한 우리 국민의 역량은 앞날의 더 나은 발전을 예감하게 한다.

권택기의 꿈, 약속, 실천

함께하는 리더십

지난 2009년에 치러진 4·29 재보선에서 우리 지역은 당원협의회를 통해 시의원 후보 선출을 위한 28명의 후보자 추천위원회를 구성했다. 그리고 당원들의 자유의지에 따라 후보자를 선출하게 했다. "내 결정에 여러분이 따라 달라"가 아니라 "여러분이 결정하면 나도 동의하겠다"는 이른바 '상향식' 공천 제도를 실천한 것이다.

당원들이 모인 자리에서 후보들은 대중 연설도 하고 서로 토론도 하고 당원들의 질문에 답변도 하면서 검증을 받았다. 그리고 모인 당원들의 투표를 통하여 마침내 후보를 선출했다.

내가 이런 상향식 공천을 지역에서 실천한 것은 의사결정 과정에서 나 혼자가 아니라 나와 함께 하는 사람들을 참여시키기 위해서였다. 더불어 다수의 능력과 적극적인 참여를 통해 결과를 도출하고, 그로써 힘

우리 당이 전패를 하다시피 한 2009년 4·29 재보선에서 우리 지역은 상향식 공천 제도를 실천해 유일하게 승리를 거두었다. 사진은 시의원에 당선된 최준호 후보와 함께 당선증을 받고 나서.

을 더욱 결집시키기 위해서였다. 함께 참여하고 결정한 결과에 대해서는, 자신이 직접 결정하고 선택한 결과이기 때문에 책임도 함께 나눠 지려고 하는 경향이 있기 때문이다. 그것이 사람들이 가진 양심이다.

후보가 선출되자 다른 후보들도 선출 과정에 흔쾌히 동의했다. 위원회에서 모두가 함께 선출한 후보였기 때문에, 선출된 후보를 당선시키려는 과정에서도 좀 더 적극적으로 임했다. 후보자 한 명이 홀로 뛴 것이라기보다는, 후보를 선출한 사람들이 그 사람에 대해 적극 동의하고 다함께 발벗고 나선 것이다. 그래서인지 효율성도 더 높아졌다.

당시 선거에서 우리 당은 전패를 하다시피 했다. 유일하게 승리를 거둔 곳이 우리 광진구였다. 물론 선출된 후보 개인의 역량도 훌륭했겠지만 후보 선출에서 당선까지 여럿이 함께 의사결정을 해나간 과정 자체가 커다란 힘이 되지 않았나 생각한다. 이기고 지는 결과보다 과정에 더 의미가 있었던 선거였다.

리더십은 한 집단이나 한 사회의 구성원들을 응집시킬 수 있는 지도자의 힘, 혹은 경영자의 능력을 뜻한다. 리더십이 있는 지도자는 특출한 능력과 뛰어난 선견지명으로 사람들을 부리거나 이끈다. 그래서 위기가 닥칠 때에는 위대한 영웅이 나타나 모든 이를 구원해 주기를 바라고, 그 영웅에게 절대적인 힘을 기대했을 것이다.

그러나 이제는 달라졌다. 사회가 다원화되면서 사회 체제도 수직적이 아닌 수평적으로 나아가기를 원하는 사람들이 점점 많아지고 있다. 최근 수평적 리더십, 그리고 수평적 리더십을 지닌 지도자의 역할이 중요시되는 것도 이러한 시대상과 무관하지 않을 것이다. 어느 한 사람이 앞장서서 다수를 이끄는 것이 아니라 역량 있는 다수가 의견을 최대한 조율하여 같이 이끌어가는 것이 더 효과적인 시대가 된 것이다.

정치에서도 개인적 리더십이 탁월하다고 하여 국가를 훌륭하게 경영하거나 국민을 이끌 수 있었던 과거의 독재권력 시대는 갔다. 그렇게 하기에는 국가 구성원들의 욕구가 다양해졌고, 경제규모도 너무 커졌다.

따라서 앞으로는 어느 특출한 한 사람의 능력만으로 사회를 이끄는 것이 아니라, 비슷한 생각을 공유하는 사람들이 모여 국가 혹은 사회가 나아가야 할 방향을 결정하게 될 것이다. 이것이 개인의 리더십이 아닌 집단적 리더십, 수직적 리더십이 아닌 수평적 리더십이 21세기 리더십의 화두인 이유다.

지도자는 이제 홀로 계획하고 집행하고 추진하는 최전선에 나설 일

반듯한 젊은 정치의 꿈

동별 회장 및 주민들과 이야기를 나누고 있는 모습. 진정한 리더십이란 혼자가 아니라 함께하는 리더십이다. 다 함께 참여하여 민주적 의사결정 과정을 통해 해결 방안을 찾다 보면 진정한 민주주의도 한 발짝 더 빨리 다가오게 되리라.

이 아니다. 여러 참모를 두고 그 능력을 최대한 발휘할 수 있도록 견인하고 또 조율하는 후방에 서야 한다. 참모들을 효율적으로 견인하고 조율하는 능력이 오늘날 정치인이 가져야 할 리더십인 것이다. 한 사회에 위기가 닥쳤을 때에도 지도자 한 사람이 책임을 질 것이 아니라 다 함께 집단적 리더십을 발휘하여 문제를 해결해 나가는 것이 이 시대에 더 부합할 것이다.

과거의 정치적 관행에 익숙해져 있는 사람들 중에는 이처럼 함께 의사를 결정하는 과정을 이해하지 못하는 경우도 있다. 위원장이 혼자 결정해 버리는 것에는 익숙한데, 위원회의 구성원 여럿이 함께 결정하는 것에는 익숙하지 않은 것이다.

권택기의 꿈, 약속, 실천

이런 사람들은 흔히 지도자가 혼자 추진하고 결정하지 않는 것에 대해 '비겁하다'는 생각을 하기도 하고, '여러 사람에게 책임전가를 하는 것'이라고 여기기도 한다. 이른바 '자기 손에 피 묻히기 싫어서 남들에게 전가한다'는 식으로 생각하는 것이다.

그러나 이제 일인자 혼자만의 리더십이 더 이상 적용되기 어려운 시대임을 깨닫는다면, 진정한 의미의 민주적 리더십이란 혼자가 아니라 함께하는 리더십이라는 것 또한 이해할 수 있을 것이다.

민주사회란 공통점을 나누고 상호간의 의견 차이를 되도록 좁혀 가는 과정이 구현되는 사회다. 함께 하는 과정 자체가 민주적이다. 다 함께 참여하여 민주적 의사결정 과정을 통해 해결 방안을 찾다 보면 진정한 민주주의도 한 발짝 더 빨리 다가오게 되리라.

반듯한 젊은 정치의 꿈

players
make
often

옛 우리 속담 중에 "말로 흥한 자는 말로 망한다"는 말이 있다. 또 "말 한 마디에 천 냥 빚도 갚는다"는 말도 있다. 두 속담 모두 말의 중요성을 이야기하는 것이지만, 말이 만들어내는 상반된 결과를 보여준다. 진정성이 없는 말과 있는 말의 차이일 것이다.

몇 해 전, 나는 초·재선 의원들과 함께 '대통령께 드리는 충언'이라는 성명을 내고 나서 말의 역할과 책임에 대해 다시 한 번 뼈저리게 느꼈다. 성명의 내용 자체는 국가에 대한 충정에서 나온 진심이었다.

그러나 '독선'이나 '오만' 같은 어휘를 사용한 것은 지금 생각해 보면 부적절한 것이었다. 나 스스로도 독선적이거나 오만한 부분도 있을 것이고, 무엇보다 그 어휘들 자체가 합리적이지 않은 단어들이기 때문이다. 깊은 반성과 더불어 말 한마디가 얼마나 중요한지 새삼 깨달았다.

말이란 소통의 도구다. 말을 어떻게 하느냐에 따라, 그리고 그 말에 어떤 의미를 담느냐에 따라 소통이 되기도 하고 오히려 오해를 사서 불통이 되기도 한다. 말 한마디로 망하기도 하고 천 냥 빚을 갚기도 하는 이치와 같다.

국민들이 들불을 지피듯 촛불을 들었을 때, 소통이라는 단어가 사회적 화두로 떠올랐다. 궁극적으로는 갈등의 문제였으므로, 그 갈등의 해결 방안으로 소통이라는 용어가 부각된 것은 당연한 일이다. 소통이 분명 중요한 해법이기는 하지만 요즘 일부의 요구처럼 정치인과 국민, 즉 한 사람과 여러 사람 간의 소통만으로는 답을 얻어낼 수가 없다. 소통이란 본디 사회를 구성하는 모든 사람이 다 함께 통해야 하는 것이기 때문이다.

지역 활동을 하면서도 항상 절실하게 느끼는 것이 바로 이런 점이다. 어떤 문제를 해결하려 할 때 나 혼자만의 힘으로는 결코 해낼 수 없다. 반드시 여러 사람과, 더 많은 사람과 소통을 해서 해결책을 얻은 경험이 한두 번이 아니다.

소통에는 기본적으로 책임의식이 따라야 한다. 사람들의 질문에 대답하거나 어떤 약속을 할 때에는 반드시 책임질 수 있는 말을 해야 한다는 것이다. 그리고 거기에는 진정성이 담겨 있어야 한다. 이것이 소통의 기본이자 출발이다.

그러나 아직까지도 우리 사회에서 진정성이 담긴 소통은 충분히 이루어지지 못하고 있는 것 같다. 상대방을 떠보기 위해 진심을 숨긴 채 이야기하고, 순간을 모면하기 위해 술수를 쓰기도 한다. 소통을 빙자해서 다수를 계몽시키려는 경우도 왕왕 있고, 정치인의 경우는 대중의 인기에 영합하는 포퓰리즘에 이용하기도 한다. 물론 포퓰리즘이 꼭 나쁜 것만은 아니다. 그러나 포퓰리즘을 노린 말에는 책임이 따르지 않는다는

소통이란 것은 잘 통하느냐 안 통하느냐의 차원을 넘어 그 말에 현실적인 책임의식이 따르는가 그렇지 않은가가 핵심이다. 위는 2010년 2월 4일 한국매니페스토 실천본부가 선정한 '매니페스토 약속대상'을 받고 나서. 아래는 2011년 6월 22일 '대한민국 헌정상' 수상 모습.

것이 문제다.

어떤 정치인이 선거 유세를 하면서 "여러분이 원하는 것을 다 해드리겠습니다"라고 말했다고 치자. 여기에는 현실성도 없고 책임의식도 없다. 그저 무책임한 말일 뿐이다. "다 해드리겠다"고는 했으나 현실적으로는 다 해줄 수 없을 가능성이 더 크기 때문이다. 정치인의 공약을 두고 미국의 대통령을 지낸 레이건은 "정치인의 공약을 다 들어주면 나라가 망하고, 안 들어주면 정치인이 망한다"는 유명한 말을 남겼을 정도다.

앞서 말한 정치인의 약속에는 진정성보다 '어떻게 하면 짧은 시간에 유권자의 마음을 사로잡을까' 하는 포퓰리즘만이 존재한다. 이런 경우 표면적인 소통에는 성공한 것처럼 보일지 모르나, "말로 흥한 자 말로 망한다"는 속담처럼 그 진의가 들통나는 것은 시간문제다. 따라서 임시방편을 위해 하는 거짓된 말은 정치인에게 사망선고를 요청하는 것과 같다.

사람들은 말을 기억한다. 정치인이 내뱉은 말들은 국민들의 잔상에 남는다. 그 한마디 말이 사람들 각자의 이해관계와 직결되기 때문에 뇌리에 정확하게 각인되는 것이다. 그런 말들을 어느 한 순간에 뒤집는다면 그 정치인은 그 순간 거짓말쟁이로 전락하게 된다. 당장을 모면하기 위해, 혹은 모르는 것을 아는 척하기 위해 진정성 없는 말을 한다면 그것은 곧 망하는 지름길이다.

결국 소통이란 말이 잘 통하느냐 안 통하느냐의 차원을 넘어 그 말에 현실적인 책임의식이 따르는가 그렇지 않은가가 핵심이다. 천 냥 빚을 갚을 수 있는 진실한 말은 진정한 소통의 도구가 되겠지만, 반면 망하게 하는 말은 불통의 씨앗이다. 우리 사회의 발전은 진정성이 담긴 말, 그 말을 매개로 하는 소통에 의해 이루어질 것이다.

권택기의 꿈, 약속, 실천

민본 21은 '국민이 근본'이라는 정신으로

이명박 정부 들어서 '실용주의'니 '중도실용'이라는 말을 많이 쓰고 있다. 이는 그동안 우리 사회가 겪고 있던 '좌파 vs 우파', '진보 vs 보수'라는 이념적 갈등을 뛰어넘어, 융합을 통해 국민 화합을 이루고자 하는 뜻이 담겨 있는 이명박 정부의 국정 철학이기 때문이다. 지나치게 이상적인 사회를 동경하기보다는 현재의 문제를 해결하기 위해 현실적인 노력을 하자는 것이다.

개인적으로 나 자신도 실용주의를 지향한다. 무릇 실용주의자란 피상적 관념에 구속되지 않고, 책 속 이론보다는 발로 뛰는 실천을 더 중요시하며, 상대방과 대화를 할 때 어떠한 제약도 두려 하지 않는다. 나아가 실용주의자는 자신이 속해 있는 공동체를 좀 더 나은 곳, 더 살기 좋은 곳으로 만들기 위해 직접 행동하는 사람이라는 점에서 나의 정치적 지향점과도 맞물린다.

권택기의 꿈, 약속, 실천

실용주의는 1870년대 초 미국 케임브리지의 젊은 지식인들 사이에서 출발한 철학이다. 당시 미국은 다양한 출신의 이민자들로 구성된 사회였기에 기존의 특정 철학이 지배하기는 어려운 환경이었다. 또한 넓은 대륙에 펼쳐진 광활한 땅들이 모두 개척의 대상이었으므로, 앉아서 생각하는 것보다는 당장 밖으로 나가 땀흘려 노력하면 얻을 수 있는 대가가 더 컸다. 개인의 노력에 따라 환경을 얼마든지 변화·발전시킬 수 있다는 분위기가 팽배해 있던 시기에 실용주의는 태동했다.

미국에서 실용주의가 태동했던 것처럼, 우리에게도 실학사상이 꽃피던 시대가 있었다. 조선시대 성리학이 17세기에 접어들면서 공리공론이 주를 이루며 형식과 예법만을 중시한 '학문을 위한 학문'으로 전락하게 되었다. 당시 사대부들과 양반들은 높은 관직을 얻기 위한 수단으로 과거시험을 치렀고, 깊은 뜻을 되새기는 것을 소홀히 한 채 그저 사서삼경만을 외웠다. 백성들의 삶과 동떨어지고 실제 생활에 아무 도움도 주지 못하는 학문에만 빠져 있었던 것이다.

조선 후기 영·정조 시대로 접어들자, 외척 세력과의 갈등을 극복하고 왕권을 강화할 필요가 있었다. 당쟁을 해소하고 붕당 간의 대립을 뿌리 뽑아 균형을 이루기 위해 영조가 취한 정책이 '탕평책'이었다. 영조의 뒤를 이은 정조도 탕평책을 계승하여 당파와 상관없이 실력 있는 인재를 널리 영입했다.

이런 시대 흐름에 맞추어 대두된 실학사상은 실제 생활에 바탕을 둔 철학으로, 다산 정약용·성호 이익 등의 실학자들이 주축이 되어 발전했다. 농기구와 수리 기술이 발달하고, 농업 생산량이 늘어나고, 상공업

반듯한 젊은 정치의 꿈

이 발전하게 된 것도 이때다. 또 이들은 합리성을 중시해 서양의 과학 지식을 받아들이는 데에도 적극적이었다. 이로 인해 과학 기술이 발달했으며, 토지의 공동 소유와 공동 재배 등에 기초한 여전론閭田論도 나왔다. 바야흐로 변화와 개혁의 시기를 맞이한 것이다. 이는 다름 아닌 민본주의 정치의 구현이었다.

다산 정약용은 말년을 긴 유배 생활로 보냈지만, 방대한 저술 활동을 통해 후세의 귀감이 될 만한 수많은 저작과 유산들을 남겼다. 그는 "진정한 실사구시實事求是는 도덕성 위에서 이루어진다"는 정신 아래 유학자의 진정한 역할이 무엇인지를 보여주었다.

우리 조상들이 펼쳤던 실학사상과 실사구시의 근본정신은 오늘날 우리 사회에도 시사하는 바가 크다. 실사구시를 근간으로 한 민본주의 정신을 본받아 실천할 필요가 있기 때문이다.

데카르트는 "나는 생각한다, 고로 나는 존재한다Cogito, ergo sum"고 했지만, 실용주의자들은 '나는 행위한다, 고로 나는 존재한다'는 사고방식을 더 존중한다.

실용주의자들은 인간이 의지를 가지고 행동하면 내부에 잠재돼 있는 엄청난 에너지를 가시화할 수 있다고 믿으며, 이러한 가치관을 높이 평가한다. 이는 인간 중심의 휴머니즘이기도 하다는 점에서 나는 실용주의에 전적으로 동의한다.

정치는 사람이 중심이어야 하고, 사람을 근본에 두어야 한다. 국민들이 원하는 것, 필요로 하는 것을 실질적으로 해결해 줄 수 있어야 한다는

권택기의 꿈, 약속, 실천

2009년 7월 민본 소속 의원들과 국회 개혁 법안 발의 기자회견을 하고 난 후. '민본21'이라는 단어 자체가 국민民을 본本으로 놓고 일을 하자는 뜻이다.

말이다. 그러려면 앉아서 생각만 하는 것이 아니라 밖으로 나가 행동하고 실천하는 정치를 해야 한다. 한나라당 초선의원 모임인 '민본21'을 만든 것도 정치를 논하기 위해서가 아니라 국민을 위해 어떤 정책을 펼칠 것인지 함께 고민하기 위해서였다. '민본'이라는 단어 자체가 국민民을 본本으로 놓고 일을 하자는 뜻이었다.

섬김이란 결국 민본에서 출발한다. 섬김의 대상은 국민이며, 그 기본 정신은 따뜻함과 배려다. 섬김의 정신을 가지고 있지 않고서는 '정치를 한다'는 말을 하기 어려울 것이며, 앞으로 더더욱 그럴 것이다.

민본 21은 이런 취지로 출범했기에 국회에서, 한나라당 내에서도 소중한 가치를 가지고 있다.

경쟁이 치열해질수록 양극화는 심화될 수밖에 없다. 그에 따라 경쟁

반듯한 젊은 정치의 꿈

에서 낙오해 처음부터 뒤처져서 출발하는 사람들이 늘어나고 있다. 이것을 우리 스스로 노력하여 변화시키려 하지 않는다면 우리 사회에는 희망이 사라지고 말 것이다. 희망이 사라진 사회에서는 더 큰 갈등이 생기고, 갈등이 커지면 사회 질서는 쉽게 무너질 수밖에 없다.

나는 사람을 중심으로 한 변화야말로 지금 우리 사회의 중요한 가치이자 지향해야 할 바라고 생각한다. 그 기회가 모든 사람에게 돌아갈 수 있도록 하기 위해서는 무엇보다 약자에 대한 배려가 필요하다. 사람을 근본에 두고 약자를 배려하며 한 사람 한 사람 손잡고 '함께' 가야 한다고 생각한다.

권택기의 꿈, 약속, 실천

배지는 완장이 아니다

"눈에 뵈는 완장은 기중 벨 볼일 없는 하빠리들이나 차는 게여! 진짜배기 완장은 눈에 뵈지도 않어! 자기는 지서장이나 면장 군수가 완장 차는 꼴 봤어? 완장 차고 댕기는 사장님이나 교수님 봤어? 권력 중에서도 아무 실속 없이 넘들이 흘린 뿌시레기나 줏어먹는 핫질 중에 핫질이 바로 완장인 게여! 진수성찬은 말짱 다 뒷전에 숨어서 눈에 뵈지도 않는 완장들 차지란 말여!"

윤흥길의 소설 『완장』의 한 구절이다. 이 소설은 시골에서 저수지 감시하는 일을 하게 된 어느 한량이 감시원 완장을 차게 되면서부터 마을 사람들에게 권력자로 군림하며 횡포를 부리는 모습을 그린 작품이다. 한국 사회에서 권력이라는 것이 어떠한 양상을 띠고 있는지를 '완장'이라는 상징물을 통해 형상화했다. 별 볼일 없던 사내가 완장을 하나 차자마자 독재자처럼 변해 가는 모습은 우스꽝스럽고도 현실적이다.

권택기의 꿈, 약속, 실천

우리 사회에 어떻게 기여할 것인가, 국가에는 어떤 기여를 할 것이며, 또 우리 지역구 사람들을 위해서 무엇을 할 것인가. 이를 위해 늘 염두에 두고 있는 것은 타인에 대한 '섬김'의 자세다.

사람을 대할 때 누구든 차별하지 않고 똑같이 예를 다하는 것은 '중용中庸'의 정신에서 나오는 것이며, 이 중용 정신의 가장 기본이 되는 것이 동양철학에서 공자·맹자가 말하는 예와 인의 정신, 즉 다른 사람을 항상 어질게 대하는 정신일 것이다.

모든 이를 차별 없이 어질게 대하는 것은 결국 섬김의 자세다. 이는 불교에서 말하는 자비의 정신, 또 기독교에서 예수가 제자들의 발을 닦아 주던 것에서 볼 수 있는 사랑의 정신과도 일맥상통하는 마음가짐이다.

그러므로 타인을 어질게 대하는 것은 정치 하는 사람으로서 결코 잊지 말아야 할 자세 중 하나다. 지역주민들을 만날 때, 사람들과 악수를 할 때, 아침 등산을 갔다가 이웃을 만날 때, 항상 모든 이를 섬기는 마음으로 어질게 대하고 있는지 나 자신을 돌아본다. 남을 섬기면 결국 나 자신에게 긍정적인 기운이 돌아오고, 그 기가 더 많은 사람들에게 전달될 수 있을 것으로 생각한다.

그런 의미에서 국회의원이 국민 앞에서 "머슴같이 열심히 일하겠습니다"라고 하는 표현은 그다지 적절치 않아 보인다. 머슴은 과거 농경사회 봉건제도 하에서 피지배계층에 속하는 신분이었다. 수직적 계급 사회에서 피지배계층이 생존하기 위해서는 지배계급에게 복종하는 수밖에 없었다. 그러기에 머슴은 마음에서 우러나와 헌신하는 사람이 아니고, 수동적인 위치에 있기에 적극적일 수 없으며, 스스로 창의성을 발휘

반듯한 젊은 정치의 꿈

국회의원은 자발적으로 섬기는 자세로 일하는 사람이지, 머슴처럼 생존을 위해 복종하는 사람이 아니다. 국민을 위해 실천하고 행동으로 옮기는 것은 정치인의 기본 덕목이라고 생각한다.

하여 뭔가를 추진하거나 자신의 의지로 세상을 변화시키려 하지 않는다. 먹고살기 위해 어쩔 수 없이 일을 해야 하는 것이 머슴의 처지였다.

국회의원이 이와 같은 존재는 아니다. 수동적으로 희생하는 것이 아니라 적극적으로 헌신하고 봉사하는 존재다. 머슴처럼 먹고살기 위해, 새경을 받기 위해 어쩔 수 없이 일하는 사람이 아니라 자발적으로 섬기는 자세로 일하는 사람이다. 국민의 의견을 수렴해서 실천하는 사람이지, 머슴처럼 생존을 위해 복종하는 사람이 아니다. 국민을 진심으로 섬기고, 국민을 위해 일하겠다는 마음을 어떻게 실천할 것인지를 늘 고민하고 행동으로 옮기는 것이 정치인의 기본 덕목이라고 생각한다.

권택기의 꿈,약속,실천

코스타리카와 쿠바의 국민들은 행복한가

반듯한 젊은 정치의 꿈

중남미에서 가장 민주화된 국가라는 코스타리카, 그리고 혁명을 가장 뛰어나게 완수했다는 사회주의 국가 쿠바, 이 두 나라의 국민 중 누가 더 행복할까? 2010년 초, 이윤성 국회부의장과 함께 코스타리카와 쿠바, 파나마를 순방하는 출장을 가게 되었을 때 맨 처음 품은 호기심 어린 의문이었다.

코스타리카의 국명은 코스타=coast와 리카=rich, 즉 '풍요로운 해안'이란 뜻을 담고 있다. 나의 막연한 상상 속에서도 코스타리카는 중남미의 풍요롭고 아름다운 자연환경을 간직한 나라였다. 영화 〈쥬라기 공원〉을 촬영한 곳이자 화산을 이용한 관광사업이 활성화되어 있고 아름다운 해변을 가지고 있어 미국인들의 휴양지로도 각광받는 곳이다.

그러나 코스타리카에 갔을 때 가장 인상적이었던 것은 풍요가 아닌 가난의 풍경이었다. 수도 산호세에서 불과 몇 킬로미터 나갔을 때 눈길을 사로잡은 것은 금세라도 쓰러질 것만 같은 함석집들이었다.

우리나라가 가난하게 살던 시절, 청계천변에는 낡은 함석집들이 늘어서 있곤 했다. 내가 초등학교와 중학교를 다니던 시절 우리 동네에도 많았다. 그런데 우리 주변에서는 더 이상 보기 힘들어진 낡은 함석집들이 그 나라에서는 너무나 흔히 볼 수 있는 풍경이었다. 반면 잘사는 집은 문과 창마다 튼튼한 쇠창살이 드리워져 있어 대낮에도 문단속이 철저했다. 그만큼 빈부격차가 심하다는 뜻이다.

상당히 민주적인 국가라고 자부하는 코스타리카가 이토록 빈부격차가 심한데도 불구하고 심각한 사회문제가 일어나지 않는단 말인가?

신기하다는 생각이 들어 그곳의 한 연구소에 파견 나와 있는 연구원에게 물어 봤더니, 연구원의 대답인즉슨 이 나라 사람들은 관심도 없고 포기를 한 듯 그저 웃으며 산다는 것이었다. 실제로 코스타리카에서 국도를 하나 완공하는 데 32년이 걸렸다고 한다. 57명으로 구성된 의회에서 토론을 하느라 시간도 걸리고 돈도 없어 시작을 계속 미뤘다는 것이다.

21세기와 1960년대의 모습이 공존하는 산호세의 풍경을 뒤로하고 도착한 곳은 쿠바의 수도 아바나였다. 아바나는 구시가와 신시가로 나뉘어 있는데, 구시가는 스페인 점령 시절의 흔적으로 인해 고풍스러운 옛 유적들이 많았다. 신시가 쪽으로 가니 중심지는 현대적으로 발달해 있는 반면, 변두리 지역은 집들이 금방이라도 무너질 것같이 쇠락해 있었다.

쿠바는 혁명에 의해 정권이 바뀐 나라다. 쿠바의 혁명 영웅 체 게바라는 부유한 부모 밑에서 태어났으나 편안한 삶을 버리고 가난과 수탈, 인

권택기의 꿈, 약속, 실천

혁명에 의해 정권교체를 이뤄낸 오늘날의 쿠바 국민들이 얻은 것은 과연 무엇일까? 그들은 정녕 행복할까? 2010년 1월 쿠바 출장 당시.

종차별, 부패 등을 척결하고자 피델 카스트로와 혁명을 일으켰다. 그의 혁명 정신은 소중한 것이었고, 자기 자신을 버리고 짧은 생애를 살다 간 그의 생애에 대해서는 추모하지 않을 수 없다. 자신을 희생하고 시대의 소명을 위한 삶을 산다는 것은 결코 쉽지 않으므로.

그러나 아바나 변두리의 가난한 집들, 그리고 50·60년대식의 낡은 차들이 검은 매연을 내뿜으며 아직도 시내를 돌아다니는 광경을 보면서, 더 나은 시대를 만들기 위해 싸우다 서른아홉 살의 젊은 나이에 안식처도 아닌 외딴 곳에서 사라져간 체 게바라에게 직접 물어 보고 싶다는 생각이 들었다. '당신이 원했던 혁명이 이것이었나?'라고.

반듯한 젊은 정치의 꿈

과거의 가난과 수탈, 인종차별, 부패를 극복했다고는 하지만, 지금 눈에 보이는 것은 상향 평준화가 아닌 하향 평준화로서의 극복일 뿐, 못사는 국민들은 여전히 못살고 있는 오늘날의 쿠바. 그 나라의 국민들이 얻은 것은 과연 무엇일까? 그리고 그들은 정녕 행복할까?

일을 마치고 늦은 밤 안내원에게 부탁해 시민들의 생활공간으로 가 보았다. 카페는 주로 30·40대 샐러리맨들이 칵테일이나 럼주 한 잔을 앞에 놓고 수다를 떠는 곳이었다. 그들이 무슨 이야기를 하고 있는지 통역을 통해 전해 들었더니 대부분의 화제는 야구 이야기였다. 그들의 낙천적인 국민성이 그곳 카페 분위기에서도 느껴졌다.

파나마로 향하는 비행기 안에서 국가의 역할과 국민의 행복에 대해 다시금 생각해 보았다. 결국 국가란 어떻게 하면 국민을 더 잘살게 해줄 것인가에 대해 고민해야 한다는 것이었다.

그렇다면 국민을 대표하는 국회의원의 한 사람으로서 나는 무엇을 할 것인가? 더 많은 사람들이 행복하게 살 수 있게 하기 위해 어떤 삶을 살아야 하는가?

여의도에 와서 가장 절실하게 느낀 것은, 국회의원이라고 많은 것을 다 할 수는 없다는 현실이었다. 아직도 많은 사람들이 국회의원을 일러 ‘출세했다’거나 ‘권력을 가졌다’고 하지만, 국회의원도 결국 우리 사회의 한 구성원에 불과하다. 그래서 의욕적으로 어떤 정책을 추진하려고 해도 현실의 벽에 부딪히는 일이 많다. 작은 변화를 가져오기는 어렵지 않지만, 근본적인 변화를 가져오려 하면 대개는 쉽게 받아들여지지 않기 때문이다.

권택기의 꿈,약속,실천

그럼에도 불구하고 내게 주어진 임무와 운명 앞에서 매일 성실히 일할 것이다. 더 많은 국민들의 진정한 행복을 위해 적어도 나 스스로 개선을 약속한 부분에서는 시간과 노력을 들여 반드시 실천함으로써 책임지는 반듯한 정치를 해나갈 것이다. 그것이 지구 반 바퀴를 돌아보고 온 뒤가지게 된 가장 큰 욕심이다.

반듯한 젊은 정치의 꿈

검은 대륙 아프리카를 다녀오다

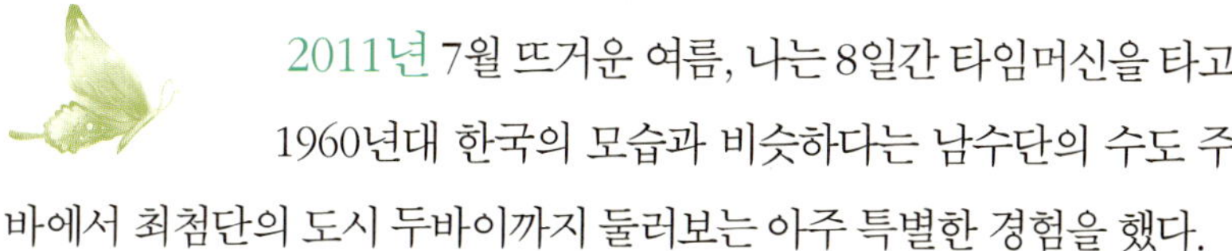

2011년 7월 뜨거운 여름, 나는 8일간 타임머신을 타고 1960년대 한국의 모습과 비슷하다는 남수단의 수도 주바에서 최첨단의 도시 두바이까지 둘러보는 아주 특별한 경험을 했다.

7월 6일 0시 50분 카타르항공을 타고 검은 대륙 아프리카로 향하는 여정은 설렘 그 자체였다. 난생처음 가보는 아프리카에 대해 내가 갖고 있는 막연한 상상은 어린 시절 보았던 〈동물의 왕국〉과 영화 〈아웃 오브 아프리카〉에 대한 기억이 고작이었다. 이재오 특임장관과 장제원 국회의원, 그리고 나를 포함한 3명의 특사와 5명의 실무요원으로 구성된 특사단의 일정은 첫 순방국인 '동물의 왕국' 케냐를 시작으로 193번째 독립국이 되는 남수단과 북수단을 경유해 시민혁명의 열기가 한창 뜨거운 이집트, 그리고 아랍에미리트 연방 중에서 가장 큰 국가인 아부다비의 알 아인에 파병된 아크 부대의 임무교대식 참석 등으로 꽉 짜여 있었다.

수단은 〈울지 마, 톤즈〉로 우리에게 크나큰 울림을 준 고故 이태석 신부님의 톤즈 마을로 잘 알려진 나라다. 북부의 아랍계 주민과 남부의 아프리카계 흑인 주민들 사이에 사회구조와 문화의 차이가 커서 50여 년간의 피비린내 나는 내전 끝에 두 개의 나라로 분리되어 남수단이 독립을 앞두고 있었다.

남수단에 입국하기 전 실무진들 사이에서는 농담 반 진담 반으로 말라리아에 걸리지 않기 위해, 그리고 더위를 이기기 위해 수단껏 살아남아야 한다고 우스갯소리를 하곤 했다.

남수단의 수도 주바 국제공항에는 세계 각국의 사절단이 속속 도착하고 있었다. 하지만 아직 공사가 진행 중이어서 어수선하고 준비가 덜 된 것 같다는 느낌을 받았다.

그러나 7월 9일 세계 193번째 독립국으로 탄생하는 남수단의 독립기념 행사라는 역사적 현장에 참석한다는 사실과 한-남수단 수교의정서를 교환한다는 설렘으로 그다지 더위는 느끼지 못했다.

무릇 한 생명이 탄생하는 것도 위대한 일인데 47년간의 기나긴 내전 끝에 탄생하는 한 국가의 독립기념 행사에 참석할 수 있다는 것은 흔치 않은 행운이다. 우리 특사단은 수단의 제2도시 주바의 마지막 대한민국 입국자이자, 남수단의 수도 주바의 첫 손님이 되는 것이다.

공항에서 숙소로 향하는 길은 비포장도로였다. 남수단의 영토는 한반도보다 세 배 정도 크다지만 포장된 도로는 60킬로미터밖에 안 된다니 경제 수준을 가늠할 수 있었다. 우리가 여정을 푼 숙소는 남수단에서 가장 좋은 호텔이었지만, 블록으로 지은 단층 건물로 우리나라 1970년대

권택기의 꿈,약속,실천

시골 여관 정도 수준에 불과했다. 말라리아에 대한 공포 때문에 한국에서 준비해 간 온갖 종류의 모기약으로 만반의 대비를 하고, 물이 잘 나오지 않을지도 모른다는 경고를 무시하고 샤워를 시작했다가 보기 좋게 낭패를 당했다. 비가 갠 뒤 처마 끝에서 똑똑 떨어지는 낙수처럼 물이 나왔던 것이다. 어쩔 수 없이 기름보다 비싼 생수로 겨우 마무리를 해야 했다.

우리에게 주어진 첫 임무는 수교의정서 교환. 실무진과 북수단 대사관 소속 외교관들이 이리 뛰고 저리 뛰었지만 독립기념식을 준비하느라 정신없는 신생 국가와 공식 수교 행사를 제시간에 하기란 결코 쉬운 일이 아니었다. 천신만고 끝에 저녁 늦게 대통령궁에서 의정서를 체결하자는 연락을 받고 서둘러 달려갔지만 공보부장관이 우리 일행을 맞이할 뿐, 전혀 준비가 되어 있지 않아 우리를 또다시 긴장하게 만들었다.

독립기념과 반기문 유엔 사무총장 환영만찬 행사가 진행되는 와중에도 우리는 수교식 추진 방안을 찾느라 정신이 없었다. 그런데 아침나절 공항에서 우리를 맞이했던 외무장관이 하루 종일 외교사절을 맞이해서인지 지친 모습으로 나타나서는 미안하다는 표정을 지으며 준비된 장소가 없다고 하는 것이 아닌가.

그러나 결코 포기할 수 없는 임무이기에 외교관들의 끈질긴 설득 끝에 반기문 총장이 기자회견을 하기 직전, 전 세계 언론이 보는 앞에서 193번째 독립국과 첫 수교 국가가 되는 식을 마침내 치를 수 있었다. 외교관들은 전 세계에 우리나라가 남수단과 첫 수교국이 되었음을 알릴 수 있는 외교적 성과를 거두었다고 기쁨을 감추지 못했다. '하면 된다'는 한국인의 저력을 다시 한 번 보여준 순간이었다. 수교식을 마치고 나

반듯한 젊은 정치의 꿈

2011년 7월 9일 남수단 독립기념식 행사 장면. 한국은 193번째 독립국인 남수단과 수교를 맺은 첫 번째 국가가 되었다. 아래 사진은 독립기념식이 끝난 후 반기문 UN 사무총장과 함께.

니 긴장이 풀려서인지 배도 고프고 피곤이 몰려왔다.

대통령궁을 빠져나왔으나 거리는 온통 독립의 기쁨으로 열광하는 시민들로 가득 차 있었다. 마치 2002년 월드컵 4강에 올랐을 때의 광화문 광장처럼 거리는 춤을 추고 소리치는 군중들로 북새통을 이루었다. 그 사이를 간신히 헤치며 가는 길은 아찔했지만 '우리 1945년 광복의 그날도 이러했겠지'라는 회상에 젖어들게 했다.

숙소로 돌아왔으나 긴장 때문인지 쉽사리 잠이 오지 않았다. 말라리아가 모기를 통해 감염되니 모기에 물리지 말라는 경고에 자다가도 '앵~' 소리만 나면 깨어나기를 거듭하다 보니 어느새 7월 9일 새벽 동이 트고 있었다.

오전 10시 30분에 시작한다는 독립기념식에 늦지 않기 위해 서둘러 행사장에 도착했으나 행사는 낮 12시가 넘도록 시작될 기미조차 보이지 않았다. 가끔씩 입장하는 아프리카 국가 원수들은 늦어서 미안하다는 기색조차 없이 아주 당당했다. 45도가 넘는 살인적인 무더위에 그늘막조차 제대로 준비 안 된 행사장은 찜질방보다도 더웠다. 그러나 분위기만큼은 한껏 고조돼 있었다.

살바 키르 대통령을 비롯해 외무장관, 주택부장관, 공보부장관들과 비록 짧은 시간밖에 대화를 나누지 못했지만 그들이 대한민국의 민주화와 경제성장에 대해 배우고 싶어하고 다른 어느 국가보다 우호적인 관계를 맺고 싶어한다는 느낌을 받았다. 특히 우리의 새마을운동에 관심이 많았다.

47년간의 혹독한 내전으로 남수단은 비록 우리나라의 1960년대와 같은 경제 수준에 머물러 있지만 석유 자원을 가지고 있고 개발 의지를

반듯한 젊은 정치의 꿈

가진 지도자의 열정, 그리고 국민들의 의욕이 충만한 신생국이었다. 그 남수단이 독립국가로 거듭나는 역사적 현장에 외교사절로 참석한 것을 결코 잊지 못할 것이다. 언젠가 다시 한 번 가고 싶다. 모기 걱정 안 하고 편하게 샤워할 수 있는 변화된 남수단을 보고 싶다.

이집트로 이동해 위대한 왕 람세스 2세의 미라를 만난 순간, 나는 고대 이집트의 역사는 남아 있지만 그 위대함은 어디로 사라졌는지 궁금하지 않을 수 없었다.

국립박물관으로 가는 길에는 지난 1월 25일 시작된 시민봉기로 불타 폐허가 되어 버린 집권당의 당사가 흉물스럽게 서 있었다. 60년간의 군사정부, 30년간의 무라바크 독재는 이집트에 부패와 가난만을 남겨놓은 듯했다. 국민의 40%가 하루 2달러도 못 되는 돈으로 생활한다니 4000여 년 전 위대한 이집트 문명을 건설했던 람세스 2세는 얼마나 답답할까. 무덤에서 벌떡 일어나는 것은 아닐까.

이집트에서 시민봉기가 일어난 것은 빈곤과 높은 실업률, 치솟는 물가, 그리고 장기독재정권의 부정부패 때문이다. 민주화와 고속 성장으로 대한민국의 위상이 높아지긴 했지만 우리 역시 소득의 양극화와 청년실업, 고물가, 오랫동안의 경기침체 등으로 서민들의 삶은 더 힘들어지고 있어 새로운 사회적 패러다임이 필요하다는 목소리가 높아지고 있는 것이 현실이다.

이집트 엘 가멜 부총리와 엘 오라비 외무장관을 면담하는 자리에서도 그들의 주요 관심사가 한국의 민주화라는 것을 알 수 있었다. 주도 세력이 분명치 않은 다양한 집단이 모여 일어난 시민봉기는 무라바크 정

권택기의 꿈, 약속, 실천

이집트 엘 가멜 부총리와 면담 직후 찍은 사진. 가멜 부총리의 주요 관심사 역시 한국의 민주화였다.

권을 퇴진시켰지만 민주혁명의 성과를 이루기에는 부족한 부분이 많은 것 같았다. 부총리 면담 후 숙소로 돌아오는 길에 이집트 시민봉기의 중심지인 타흐리르 광장을 방문했다.

타흐리르 광장은 1987년 6월의 서울광장이었다. 치안을 맡고 있던 경찰은 그 기능을 상실한 지 오래고, 멀리서 군 장갑차가 주요 건물을 경계하고 있었지만 직접 시위대를 저지하지는 않는 듯 자체적으로 치안을 유지하고 있었다.

우리가 광장에 접근하려 하자 신분증과 방문 목적을 요구하며 경계를 했으나 이집트를 방문한 한국 특사단이라고 밝히고 민주화 운동을 지지한다고 말하자, 선선히 길을 터주었다.

반듯한 젊은 정치의 꿈

　45도를 웃도는 무더위에도 불구하고 텐트를 치고 장기농성을 하는 모습이 마치 1987년 서울광장을 떠올리게 했다. 시위대 대표단과 만나 그들의 민주화운동을 지지하고 격려하는 대화를 나누고 돌아왔는데, 그들이 한국의 민주화 과정에 대해 더 많은 대화를 나누고 싶어한다는 것을 느낄 수 있었다.

　세계 7대 불가사의 중 하나인 피라미드와 스핑크스로 상징되는 4대 문명의 주역, 이집트의 위대한 역사는 어디서 왔다가 어디로 사라진 것인가? 카이로 박물관에 보관되려면 최소한 역사가 2000년은 넘어야 한다고 말할 정도로 인류 문화유산의 보고寶庫인 이집트가 부러웠지만, 그들은 민주화를 이룬 대한민국을 부러워하고 있었다. 대한민국의 국민이라는 자부심을 느낄 수 있던 순간이었다.

권택기의 꿈, 약속, 실천

모두가 행복한 세상 만들기

"지난 시절, 우리나라는 교육을 통해 개천에서 수많은 용을 키워 냈습니다. 어려웠지만 기회가 열려 있었고, 교육은 대한민국의 힘이자 국민 모두에게 희망이 되어 왔습니다. 그런데 언제부턴가 우리 교육은 희망이 아니라 절망과 고통의 근원이 되고 있습니다. 공교육은 무너지고 사교육이 학교 교육을 대체하고 있습니다. 학교에서는 잠자고 공부는 학원에 가서 한다는 말이 공공연한 정설이 되어 버렸습니다. 통계로 잡히는 사교육비만 한 해에 20조 원이 넘고, 국민의 80%가 사교육비 때문에 가계가 어려워지고 고통스럽다고 호소합니다. 점점 더 지역간·계층간 교육 불평등과 교육격차는 커지고 있고 부모의 직업과 소득이 아이들의 경쟁력이 되는 세상이 되고 있습니다."

(사)교육과나눔의 창립취지문 일부다.

반듯한 젊은 정치의 꿈

2009년, 나는 권영진·김선동·나경원 의원 등과 함께 손병두 전 서강대 총장을 이사장으로 모시고 '교육과나눔'이라는 법인을 세웠다. 저소득층을 비롯한 위기 계층의 청소년들에게 진로 상담과 학습 상담, 생활 상담 등 종합 멘토링 서비스를 체계적이고 지속적으로 제공함으로써 청소년들이 위기 요인으로부터 벗어나 건강한 성장을 할 수 있도록 돕자는 취지에서다.

우리 교육의 문제점을 지적하는 사람들은 누구나 잘못된 교육정책을 꼽는다. 입시위주의 주입식 교육이니, 다양성을 반영하지 못하는 획일적 교육이니, 현장의 자율과 책임을 도외시한 교육당국의 일방적인 개입과 간섭이니 하는 지적들이 그렇다.

물론 정책이 달라져야 한다. 정책이 달라지기 위해서는 무엇보다 정부의 노력이 필요하다. 하지만 학부모들도 지역사회도 교육 정상화를 위한 노력에 함께 동참할 때만 가능한 일이다.

그런 의미에서 '교육과나눔'은 교육복지나 교육공동체를 위해 정부나 개인의 입장이 아닌 사회가 교육 정상화를 위해 어떤 기여를 할 것인가를 모색하고 실천하는 모임이라 하겠다.

특히 지역간·계층간 교육 불평등과 격차를 줄일 수 있는 교육복지, 내 자식만 잘 키우겠다는 이기적인 교육열을 넘어 우리 아이들이 함께 잘 커나갈 수 있는 따뜻한 교육공동체를 만드는 일에 초점을 맞춰 활동하고 있다.

그래서 이 단체의 사업 중에서 첫째가 공부할 능력과 의지가 있음에도 불구하고 가정이 어려워 공부를 제대로 할 수 없는 아이들에게 멘토

권택기의 꿈, 약속, 실천

(사)교육과나눔 창립기념식이 끝난 후. 교육과나눔은 공부할 의지가 있어도 가정이 어려워 공부를 제대로 할 수 없는 아이들에게 종합 멘토링 서비스 제공을 통해 건강한 성장을 할 수 있도록 돕고자 창립되었다. 아래는 매년 여름 개최되는 '(사)교육과나눔 여름캠프' 모습.

를 통해 학습에 도움을 주고, 생활을 상담하며, 진로와 직업을 상담해 주는 일이다.

멘토는 대학생이 맡는다. 멘토가 된 대학생은 지역의 청소년 두세 명을 멘티로 두고 그들의 학습과 생활을 틈틈이 지도해 주고 조언해 준다. 멘토와 멘티의 나이 차이가 크지 않아서 공감대의 폭도 넓고, 그래서 서로 쉽게 이해하고 어울린다. 멘토에게는 문화생활비 형식으로 아주 적은 수고비가 지불되지만 대개의 멘토들은 그것보다 '보람' 때문에 이 역할을 계속하겠다고 말한다. 이들도 함께 가르치는 보람을 맛본 것이다.

"개천에서 용 난다"는 속담은 이제 액자 속에 고이 담아 타임캡슐에나 집어넣어야 할 때가 온 것 같다. 개천은 오염되었고, 오염된 개천엔 생명이 살지 않는다. 그나마 목숨을 부지하던 생명체는 이미 큰 강으로, 바다로 떠나 버렸다. 개천에는 아무것도 없는데 뒤늦게 당도한 사람들은 개천 바닥을 뒤진다. 혹시나 하는 마음에서다.

개천에서 용이 나던 시대는 아마 우리 세대가 거의 마지막이 아닐까 싶다. 시골 촌놈이 공부하겠다고 서울로 올라와 대학에 다니던 때를 떠올려 보면 그렇다. 그 시절에도 지방에서 올라온 대학생들이 하숙비와 생활비를 마련하는 일이 쉽지는 않았지만, 그렇다고 크게 어렵지도 않았다. 마음만 먹으면 얼마든지 가능했다. 가정형편이 어려워도 스스로 열심히 공부하기만 하면 성공할 수 있었다.

어디서나 어느 세대이거나 경쟁이 있기는 하겠지만, 돌아보면 출발점이 지금처럼 심하게 차이 나지 않았다. 물론 아주 잘살아서 경쟁의 절대 우위에 있는 계층은 극소수이기는 하지만 늘 존재했다. 그러나 그런

권택기의 *꿈, 약속, 실천*

2011년 봄, 중마초등학교 앞 일일 교통봉사 모습. 모두가 함께 잘 살기 위해서는 국가가 제도적으로 사회적 약자와 서민들을 보호할 수 있어야 한다.

극소수 외에는 대부분 고만고만했다.

그런데 요즘은 다르다. 시골에서 땀흘려 농사짓는 부모를 두었거나 하루 벌어서 하루를 살아야 하는 저소득 부모 밑에서는 혼자 공부해서 서울에 올라와 학교에 다니는 것 자체가 거의 불가능에 가까울 정도로 힘들어졌다.

오죽하면 자식을 좋은 대학에 보내려면 네 가지 조건이 필요한데, 그 첫째가 '조부모의 재력'이요, 둘째가 '엄마의 관심', 셋째가 '아빠의 무관심', 그리고 마지막으로 '동생의 희생'이라는 웃지 못할 말이 나돌까. 심지어 부모의 정보력이나 사는 동네에 따라 아이들의 봉사활동 내용도 달라지는 세상이니 말해 무엇할까.

‘무전유죄 유전무죄’라는 말처럼 오로지 성장만으로 치닫는 사회에서는 강한 자만이 살아남는다. 인정하고 싶지 않지만 그게 현실이다.

극단적으로 말해서, 소위 돈 있는 사람들은 법을 어기는 일을 두려워하지 않는다. 탈법이 아닌 편법을 사용한다. 돈으로 변호사를 살 수 있으므로 법을 알고 활용하는 것이다. 그런 관점에서 본다면 서민들은 결국 항상 뒤처질 수밖에 없다. 같은 잘못을 저질렀어도 돈 없는 사람들이 자신을 대변해 내세울 수 있는 건 국선변호사뿐이다. 국선변호사는 법조문에 씌어 있는 그대로밖에 변호를 하지 못하니 불리한 판결을 받게 될 것은 뻔하다.

가진 자나 기득권층 중심의 사회구조가 지속되면 극소수가 모든 것을 독점하게 되어 있다. 극소수가 기득권을 유지하기 위해서는 독과점 체제로 가게 된다. 독과점은 양극화를 부추기고, 이를 극복하기 위해서 서민들은 결국 폭동이나 혁명 같은 체제 전복을 시도하는 것으로 이어지게 된다. 현 체제는 더 이상 자신이 살 수 있는 공간이 아니라고 여기기 때문이다.

따라서 국가라는 틀이 유지되고 사회 체제가 유지되면서 모두가 함께 잘 살기 위해서는 약자 또는 경쟁에서 탈락한 자들에 대한 배려가 필수적이다. 국가가 제도적으로 사회적 약자와 서민들을 보호해 줄 수 있어야 그들도 이 사회에 대해 동의를 하며 살아갈 수 있다. 아무리 사회의 양극화가 심화되더라도 그런 부분이 제대로 보장된다면 국가와 사회가 유지될 수 있다. 약자의 권익과 권리를 최대한 보장하고 보호해 줄 수 있는 법적·제도적 장치, 이를 ‘사회안전망’이라고 한다.

권택기의 꿈, 약속, 실천

여름방학을 이용해 국회 현장학습에 참가한 아이들. 돈 없어서 공부 못 하는 아이들은 물론, 공부를 못 해서 가난이 대물림되는 일은 없어야 한다.

그렇다면 이런 문제들을 어떻게 해결할 것인가. 결국 국가와 사회가 부담을 할 수 있느냐 없느냐의 문제다. 국가가 부를 더 키우고 사회가 성숙해져야 국가가 더 많이 부담할 수 있는 능력이 생기고 사회가 이를 뒷받침할 수 있는 것이다.

"돈 없어서 공부를 못 하는 아이들은 없어야 하고, 공부를 못 해서 가난이 대물림되어서도 안 된다"는 말을 나는 좋아한다. 또 그렇게 되어야 한다고 믿는다.

현장에서 직접 정치를 하는 것이 과연 내가 해야 할 몫인지에 대해서 처음에는 무척 망설였다. 하지만 그 망설임 속에도 내가 이 사회에서 해

반듯한 젊은 정치의 꿈

야 할 일이 분명히 있다는 것만은 확신하고 있었다. 그것은 사회적 약자들도 비슷한 출발점에 서서 경쟁을 할 수 있는 사회 구조를 만들고 싶다는 것이다.

나 자신이 부유하거나 그렇다고 찢어지게 가난한 집안에서 자란 것은 아니지만, 우리 사회의 여러 단면들을 보고 경험하면서 뭔가 왜곡돼 있고 차별이 심하며 균형이 상당히 깨져 있음을 느껴 왔고 또 안타깝게 여겼다. 왜곡은 바로잡아야 하고 차별은 없어져야 하며 깨진 균형은 맞춰야 한다. 그것이 내 역할이고, 그래야 함께 갈 수 있다.

권택기의 꿈, 약속, 실천

중곡종합사회
함께하는 행복한
사랑 나…크리스
종합사회복지관

행복한 나라 만들기는 가정에서부터

고교 시절의 나는 반항기가 꽤 있었다. 특히 학생으로서 부당한 대우를 받거나 누군가가 차별받는 모습을 볼 때에는 참지 못하는 편이었다. 그래서 큰 사고는 아니어도 작은 사고는 간간이 치고 다닌 편이다.

한번은 이런 일이 있었다. 새 학년 첫 국어 시간인데 선생님이 칠판에 '대한민국大韓民國'을 한자로 쓰더니 곧바로 지우면서 "너네가 이런 걸 어떻게 읽겠냐?" 하고는 다시 한글로 '대한민국'을 썼다.

안동에서는 원래 고입 선발 시험이 있었지만, 우리 64년 용띠들은 고입 연합고사 첫 기수다. 소위 뺑뺑이들이다. 그동안 우수 학생만 선발했던 학교에 성적과 관계없이 추첨으로 학생이 배정되었기 때문인지 선생님들은 우리를 무시하는 듯한 행동을 많이 보이셨다. 그런 태도에 몹시 화가 났던 나는 그 다음 수업 시간부터는 선생님들도 잘 모를 것 같은 아

권택기의 꿈, 약속, 실천

주 어려운 문제들만 골라 일부러 질문을 하는 등 삐딱하게 반항을 했다.

이런 기질에도 불구하고 엇나가지 않고 늘 제자리로 돌아올 수 있었던 것은 부모님의 성실한 삶을 보며 자랐기 때문이 아닌가 생각한다. 그래서 나는 지금도 가장 좋은 교육은 부모의 행동이라고 믿는다.

세월이 흘러 결혼을 하고 아이를 낳았다. 나 역시 부모님이 내게 그랬던 것처럼 내 삶의 태도를 몸으로 보여주려 노력했고, 그것은 지금도 여전하다. 부모로서 일일이 아이의 태도나 행동에 간섭하기보다는 열심히 사는 모습을 보여줌으로써 직접 보고 느끼게 하려는 것이다.

나는 아이들이 자라면서 꼭 지켜 주었으면 하는 게 두 가지 있었다. 하나는 자신이 해야 할 일은 반드시 해야 한다는 것이고, 다른 하나는 항상 다른 사람들을 존중해야 한다는 것이다. 자신이 다른 친구보다 나은 점이 있다고 하여 우월의식을 갖거나 남을 무시하는 언행은 절대로 삼가라고 이르곤 한다.

언젠가 고등학교에 다니는 큰아이가 중학교 3학년 때 같은 반 친구들과 국회에 견학을 왔을 때에도 같은 취지의 말을 했다.

"여러분들은 재주도 많고 혜택받은 사람들이다. 혜택을 받았으니 이것을 어떻게 사회에 갚아 줄 것인가를 고민해야 한다. 그게 사회적 책임이다."

아이들이 내 말뜻을 제대로 알아들었는지는 모르나 자식을 기르는 부모의 입장에서, 그리고 사회의 선배로서 자라나는 세대에게 당부하고 싶은 내 진솔한 심정이다.

말은 이렇게 하지만 사실 나 자신이 '빵점'짜리 아빠가 아닌가 싶어

반듯한 젊은 정치의 꿈

아이들에게 미안할 때가 많다. 항상 일에 쫓기다 보니 식구들에게 소홀할 때가 많고, 아빠로서의 역할을 충분히 해주지 못하는 것 같아 안타까울 때가 많다.

그럴 때마다 몇 해 전 미국 존스홉킨스 대학에서 객원연구원 생활을 하던 때를 떠올리며 위안을 삼는다. 그때가 아마 가족과 함께한 시간이 가장 많았던 시절이지 싶다. 직접 주방에서 가족을 위해 음식도 준비하고, 온 식구가 함께 여행도 다녔다. 정치판 언저리를 떠돈답시고 한동안 소홀했던 가족에게 그동안 못했던 봉사를 실컷 했다고 자부한다.

미국에서 돌아온 뒤에도 그 마음만은 지키고 싶었다. 그래서 요즘도 밤늦게 귀가한 날 아이들이 먼저 자고 있더라도 반드시 잠자는 모습을 들여다보고 나서 방문을 닫는다. 아이들의 성장 과정에서 함께 공유했던 아빠와의 추억, 아빠의 존재감을 안겨 주고 싶기 때문이다.

그런데 마음만으로는 늘 부족함을 느끼는 게 요즘 세대다. 어느 광고에선가 "아빠는 슈퍼맨~" 어쩌고 하는 노래가 흘러나오는 것을 들은 적이 있다. 아빠는 무엇이든지 잘 하고 돈 잘 벌고 능력 있는 '슈퍼맨'이어야 하고, 엄마도 살림과 자녀교육과 맞벌이까지 모두 잘 해내는 '슈퍼맘'이어야 한다는 요즘 세대의 가치관을 반영한 것 같아 썩 유쾌하지는 않았다.

이렇게 '능력'이 강조되는 시대에서는 가족 간의 유대 관계가 느슨해질 수밖에 없다. 부모와 자식 간의 관계, 부부 간의 관계, 식구끼리의 관계가 피로 맺어진 혈연이라기보다 단순히 의무적인 관계요 계약 관계가 아닌가 싶을 정도로 서로 소원해지는 경우가 점점 많아지고 있다. 엄마는 가정 살림 뒤치다꺼리하는 존재고 아버지는 그저 돈만 벌어다 주는 존재인, 그래서 구성원 저마다 뿔뿔이 흩어져 각자의 삶을 사는 모습은 진정한 가정의 모습이 아니다.

『명심보감』에 "자식이 효도하면 부모가 좋아하고 가정이 화목하면 만사가 이루어진다子孝雙親樂 家和萬事成"는 말이 있다. 사회가 복잡해지고 사회 구성원이 파편화되는 요즘, 다시 한 번 가슴에 새겨둘 구절이다.

산업화가 급속도로 진행되는 동안 우리는 가족보다 사회의 가치를 더 중시했던 측면이 있다. 부모와 자녀가 같이 어울리고 부부가 함께 하는 시간을 보장받지 못했다.

그러나 이제는 바야흐로 외적 성장이 아닌 내적 성숙을 키워야 하는 시기다. 산업화와 성장에 밀려 미뤄 두었거나 잠시 보류했던 것들을 꺼내 제자리에 갖다놓아야 하는 때가 된 것이다. 그 중에서도 가장 먼저 제 역할을 찾아야 하는 것은 두말 할 것 없이 가정이요 가족이다.

권택기의 꿈, 약속, 실천

l터
NA NU ME
NA NU ME
중곡샛별어린이집
☎435-4900-1

따뜻한 젊은 정책의 약속

여의도에 와서 가장 크게 느낀 것은, 국회의원이라고 많은 것을 다 할 수는 없다는 현실이었다.
의욕적으로 어떤 정책을 추진하려고 해도 현실의 벽에 부딪히는 일도 많다.
작은 변화를 가져오기는 어렵지 않지만, 근본적인 큰 변화를 가져오려 하면 대개는 쉽게 받아들여지지
않기 때문이다. 그럼에도 불구하고 내게 주어진 임무와 운명 앞에서 매일 성실히 일할 것이다.
더 많은 국민들의 진정한 행복을 위해 적어도 나 스스로 개선을 약속한 부분에 있어서는
시간과 노력을 들여 반드시 실천을 할 것이고, 책임정치를 구현할 것이다.

갈등조

국립서울병원, 이전이냐 재건축이냐

2008년 가을부터 우리는 그 크기와 깊이를 예측하기 어려웠던 미국발 금융위기에 빠지기 시작했다. 학자들과 경제 전문가들조차도 "1930년 미국 대공황 이후 최대 경제위기가 올 것이다"라거나, 또는 "대공황보다 더 큰 전대미문의 경제위기로 최소 5년 이상 세계 경제가 회복되기 어려워질 것이다"라는 전망들을 내놓았다. "미국이 기침만 해도 우리나라는 독감에 걸린다"는 말까지 있으니 심각한 위기 상황이었던 것만은 확실했다.

당시 나는 국회 예산결산특별위원회 위원으로, 당에서 특별히 계수조정소위원회 위원으로 임명해 준 덕분에 국가 예산 전반에 대해 공부할 수 있는 기회를 얻을 수 있었다. 이는 한편으로는 고마운 일이었지만, 다른 한편으로는 경제위기 극복을 위해 팽창 예산의 적절성 여부를 검토하고 동시에 예산의 안정성을 확보해야 하는 무거운 책임도 지고 있었다.

20여 일 간의 예산소위 활동은 정신적으로나 육체적으로나 쉬운 일이 아니었다. 한 해의 국가 예산을 짧은 시간 안에 하나하나 검토하고 확정하는 것도 어려운 일이었지만, 특히 경제위기를 맞아 전 세계가 초긴장하고 있는 상태에서 2009년 위기 극복을 위한 예산을 결정해야 한다는 점 때문에 계수조정위원 모두 심리적 부담감을 가지고 있었다. 매일 새벽까지 회의가 이어졌기에 체력 소모도 심했다. '체력이 국력'이라는 말이 실감나던 시간들이었다.

야당은 국가 재정 균형을 위해 한 푼이라도 줄여야 한다고 주장했고, 여당은 전대미문의 경제위기 극복을 위해 팽창 예산의 불가피성을 주장하는 입장이었다. 한 치의 양보도 없는 논쟁이 연일 이어지는 가운데 다들 긴장된 시간들과 싸우고 있었다.

하지만 나는 개인적으로 또 다른 과제가 있었다. 다름 아닌 국립서울병원 재건축 예산 198억 원에 대한 입장을 정해야 할 시간이 다가오고 있었던 것이다.

우리 지역에 국립서울병원이 지어진 것은 1962년. 당시에는 병원 주변에 거의 아무것도 없는 허허벌판이었다. 문제가 생긴 것은 이 지역 일대에 베드타운 형태의 주거지가 형성되고 나서부터다.

이 무렵 병원 건물의 노후화가 눈에 크게 띠면서 재건축이 추진되기도 했지만 지역주민들은 병원을 아예 다른 지역으로 이전할 것을 요구했다. 병원이 오래돼 낡은 데다 그 병원을 출입하는 환자들이 정신질환자들이라는 사실에 심한 거부감을 드러낸 것이다.

그렇다고 해서 다른 지자체에서 병원 이전을 흔쾌히 받아들여 줄 리

국회의원 당선 직후, 국립서울병원 이전 문제 해결을 위한 토론회를 광진구청 대강당에서 열었다. 당시만 해도 국립서울병원을 둘러싸고 이해 당사자인 지역주민과 보건복지부의 인식 차이는 커서 평행선을 달리고 있었다.

없었으니, 보건복지부와 주민 사이의 갈등은 해결되지 않은 채로 20여 년이 흐른 것이다.

국립서울병원을 둘러싸고 이해 당사자인 지역주민과 보건복지부의 인식 차이는 매우 커서 평행선을 달리고 있었다. 지어진 지 50년이 넘은 노후 건물이니 재건축을 해야 한다는 보건복지부와 병원 재건축에 반대하는 것은 물론이고 다른 지역으로 옮겨야 한다는 지역주민의 요구는 팽팽해서 그 어느 한 구석도 접점이 없었다.

지금까지 이 지역을 거쳐간 선배 국회의원들이 이 문제를 해결하겠다고 약속을 했고 또 나서 봤지만 별무 소용이었다. 나 역시 이 문제를

따뜻한 젊은 정책의 약속

주요 공약으로 내건 터라 어찌되었건 해결을 봐야 했다. 그러나 어느 쪽도 자신들의 주장만을 되풀이했지 상대방의 목소리에 귀기울이려 들지 않았다.

예산결산 소위원회 때부터 나는 국립서울병원 문제를 해결하기 위해서는 우선 우리 광진구 지역주민과 충분한 시간을 갖고 토론하고 결론을 내야 한다는 입장을 보건복지부 장관에게 전달했다. 그러나 보건복지부는 더 이상 시간을 끌 수가 없다는 강경한 입장을 되풀이했다.

여유를 갖고 해법을 찾자는 중재에도 그저 밀어붙일 생각만 하는 보건복지부에 대해 은근히 화도 났지만, 기회를 포착할 때까지 인내하며 한 단계 한 단계 명분을 쌓아 가자고 생각했다. 이를 위해 지역주민들로부터 전달받은 '재건축 반대, 이전 촉구' 서명을 일단 국회의장과 예결위원장에게 전달하고는 기회를 기다렸다.

보건복지부 예산 심의 이틀 전에는 복지부 차관을 불러 경고성 언질을 주면서, 국립서울병원 재건축 예산이 통과될 경우 우리 광진구 지역주민들에게 보건복지부가 무엇을 해줄 수 있는지 납득할 수 있는 제안을 한다면 긍정적으로 검토해 보겠다고 했다.

그러나 보건복지부는 아무런 대책도 마련하지 않은 채 예산 심의 자리에 나타나서는, 더 이상 미룰 수 없으니 여당 의원으로서 정부의 입장을 이해해 달라는 소리만 되풀이했다.

나에게도 더 이상 대안이 없었다. 지역주민의 제안은 물론, 국회의원의 제안에도 최소한의 성의조차 보이지 않는 보건복지부의 재건축 예산을 받아들일 수는 없었다. 회의가 어느 정도 정리되어 갈 무렵, 나는 국립서울병원 재건축 예산 198억 원을 전액 삭감해야 한다고 주장했다.

순간 회의장이 어수선해지기 시작했다.

내가 내건 명분과 원칙은 단 하나였다.

"정신질환 환자를 위한 의료시설은 반드시 필요하다. 그러나 20년 이상 이 문제를 해결하지 못한 가장 큰 이유는 보건복지부가 진정성을 가지고 지역주민과 대화를 한 적이 없기 때문이다. 물론 과거 정부에서도 장관들이 이 문제를 가지고 지역주민과 간담회를 한 적은 있었다. 그러나 지역주민을 이해하려는 태도로 토론을 한 적은 없었다. 이제 국가가 국민을 설득시키지 못한 채 일방적으로 어떤 사업을 추진하는 것은 불가능하다. 그러므로 국립서울병원 문제 해결을 위해서는 보건복지부가 지역주민들과 깊이 있는 대화를 먼저 해야 한다. 그전에 이 예산을 책정하는 것은 찬성할 수 없다."

다른 동료 의원들의 동의로 국립서울병원 재건축 예산 198억 원은 결국 삭감되었다. 순간 다행이라는 안도의 한숨을 내쉬었지만, 이제부터 이 문제를 어떻게 풀어 나가야 내 결정이 옳았다는 것을 보여줄 수 있을지, 제 지역구에서 혐오시설이나 기피시설을 내보내려는 꼼수로 보이지는 않을지 걱정도 되었다.

아니나 다를까 야당에서는 예산 삭감에 대한 비난 성명이 나오고, 언론에는 '님비 국회의원'이라는 기사와 사설이 실리기 시작했다. 하루쯤 하다 말겠지 하는 생각에 애써 스스로를 위로해 보았지만 연일 계속되는 언론 보도는 견디기 힘들 정도였다. 대화와 타협, 설득과 조정이라는 원칙을 지키고자 했던 내 입장을 전혀 고려하지 않는 언론이 한없이 야속했다.

그러나 결과적으로 보면 이런 과정은 국립서울병원 문제를 해결하는

국립서울병원관련 갈등조정위원회는 나를 포함해 보건복지부, 광진구청, 지역주민 대표, 시민단체, 외부 전문가 등 다양한 입장과 식견이 있는 20여 명으로 구성되었고, 최종 합의를 이끌어내기까지 개최한 회의만 해도 1년간 60여 차례에 달했다.

데 오히려 약이 되었다. 일단은 모든 문제를 원점에서 다시 시작할 수 있도록 시간을 벌 수 있었다. 그러자 주위 분들의 조언도 하나둘씩 이어졌다. 다양한 모색을 하던 가운데 대통령령에 '공공기관의 갈등 예방과 해결에 관한 규정'이라는 조항이 있다는 사실을 알게 된 것도 큰 수확이라 할 수 있다.

나는 그 길로 국무총리와의 면담을 요청하고 국립서울병원 문제 해결을 위한 갈등관리 프로그램을 진행해 줄 것을 건의했다. 총리 역시 흔쾌히 받아들였다. 얽히고설킨 매듭의 단초가 풀릴 것 같은 느낌이 들기 시작했다.

권택기의 꿈,약속,실천

그리고 마침내 2009년 1월 중순, '국립서울병원관련 갈등조정위원회'를 구성하기로 보건복지부 장관과 합의가 이루어졌다. 가야 할 길이 결코 순탄치는 않겠지만 그래도 스무 해 넘게 대립과 반목을 계속해 왔던 당사자들이 해묵은 갈등을 해결하기 위해 한 테이블에 앉았다는 것만으로도 가슴 뿌듯한 일이었다.

'국립서울병원관련 갈등조정위원회'는 나를 포함해 지역의 주민자치위원장, 광진구청 관계자, 보건복지부 관계자, 시민단체, 외부 전문가 등 다양한 입장과 식견이 있는 20명으로 구성되었고, 최종 합의를 이끌어내기까지 개최한 회의만 해도 60여 차례에 달했다. 첫 회의를 연 곳은 바로 논란의 대상이 되었던 국립서울병원이었다. 위원들이 함께 현장부터 보자는 취지에서 일부러 그곳을 회의 장소로 잡았던 것이다.

첫날의 회의 분위기는 지금도 내 머릿속에 생생하다. 살얼음판 위를 걷는 듯한 팽팽한 긴장감과 그 긴장감을 깨던 비관적인 목소리들.

"우리가 지금 여기 모여서 회의를 한다고 해서 무엇이 해결되겠느냐? 다 소용없는 일 아니냐."

동조하는 사람들과 제지하는 사람들 사이에서 한때 험악한 기운이 감돌기도 했다. 실제로 초반 몇 차례 회의는 가시 돋친 말들이 오가면서, 금세라도 파국을 맞을 듯한 순간도 있었다.

나는 위원들 모두에게 진심으로 부탁했다. 어쨌든 다 함께 해보자고. 현재로서는 병원측도 주민들의 의견을 무시하고, 주민들도 병원 문제에 대해 충분히 이해하지 못한 채 무조건 재건축 반대만 하고 있으니, 지금부터라도 각자 입장을 얘기하고 또 들어 보자고.

3개월쯤 지났을까. 초반의 험악했던 분위기가 다소 누그러지면서 조

따뜻한 젊은 정책의 약속

금씩 대화가 되기 시작하는 것이 느껴졌다. 변화가 생겼구나 하는 것을 알아차릴 수 있었다. 그때부터 나는 서서히 중립적인 입장을 유지하면서 한 발 물러서는 자세를 취했다. 그와 동시에 어떻게 하면 우리 지역에 실질적 이익을 가져올 수 있도록 문제를 해결할 것인지를 궁리했다.

다른 지역의 사례들을 검토하면서 의료복합단지로 만드는 방법을 찾아보기도 하고, 의료타운 혹은 의료센터로 만들 수 있는 아이템을 고민하기도 했다. 외국인 전용병원을 만들면 어떨까 하는 생각도 했다. 이 다양한 아이디어들을 구체화시키는 과정에서 어떤 것은 현실적인 어려움으로 포기하기도 하고, 또 어떤 것은 반대에 부딪혀 폐기하기도 했다.

그 사이 조정위원회는 조정위원회대로 거듭되는 난상토론을 통해 서서히 의견을 모아 가기 시작했고, 급기야 조정위원회의 안을 들고 주민들에게 설명하고 홍보하는 상황에까지 이르게 되었다. 그리하여 애초 20%밖에 되지 않던 재건축 찬성 의견이 이 모든 과정을 거친 뒤에는 무려 83%에 이르는 변화가 일어났으니 가히 소통의 놀라운 힘을 확인할 수 있었다.

권택기의 꿈, 약속, 실천

갈등을 해결하는 최고의 방법, 대화

2010년 2월 11일 드디어 '종합의료복합단지(가칭) 조성을 통한 중곡역 일대 종합개발계획 추진을 위한 협약서'가 작성되었다. 갈등조정위원회 이선우 위원장과 광진구 의회 곽근수 부의장이 입회한 가운데 보건복지부 전재희 장관, 광진구청 정송학 구청장, 그리고 내가 서명을 하는 것으로 길고 지리했던 보건복지부와 지역주민의 해묵은 갈등이 해소되는 순간이었다.

언론에서는 일제히 오랫동안 갈등을 빚어 왔던 중곡동 국립서울병원 문제가 21년 만에 해결되었다는 뉴스를 화제로 삼았지만, 이 문제를 해결하겠다고 나섰다가 제 지역만 챙기는 님비 국회의원으로 몰리고 간신히 갈등조정위원회를 구성하는 등 우여곡절을 겪은 나로서는 그 이상의 의미가 있었다.

협약식 자리에서 "오늘 이 자리는 기쁘고도 무거운 자리다. 조정위원

2010년 2월 마침내 '종합의료복합단지 설립 업무협력 협약'을 맺었다. 아무리 극심한 갈등도 여러 사람이 함께 논의할 수 있는 구조를 만들면 해결할 수 있다는 확신이 생기는 순간이었다.

들을 믿고 민주시민으로서 한 단계 업그레이드된 결정을 내려주신 주민들께 감사드린다. 이제 지역 발전에 도움이 되도록 실마리가 마련되었지만 앞으로도 쉽지 않을 것이다. 단결된 모습으로 환자와 주민 모두 윈윈 할 수 있도록 노력하자"고 담담하게 인사말을 했지만, 그토록 오랜 갈등을 꾸준한 대화와 다양한 모색으로 마침내 합의를 도출해 냈다는 사실에 가슴이 벅차 올랐다. '될 것이다'라는 믿음으로 시작한 것도 아니고 '해보자'라는 소박한 생각으로 출발한 것이어서 더욱 그랬다.

이로써 그동안 주로 정신질환자를 치료했던 국립서울병원이 혐오시설이라는 오명을 벗고 종합의료복합단지로 새로 태어나게 되었다.

오랜 갈등을 너무도 잘 알고 또 함께 겪었던 나로서는 감회가 새롭지 않을 수 없었다. 중곡 제일시장에서 유세를 하던 자리에서, 나는 "지역주민들의 뜻을 따라 국립서울병원을 옮기겠다"는 공약을 내세웠다. 하지만 막상 당선되고 나서 이 문제를 해결하려고 들자 곳곳이 난관이요 장벽이었다. 좌절과 고민을 거듭했던 적이 한두 번이 아니었다. '이래서 20년이 넘도록 아무도 해결하지 못했구나'라는 생각이 절로 들었다.

우여곡절 끝에 지푸라기라도 잡는 심정으로 갈등조정위원회를 구성해 의견을 조율한 것이 마침내 지역주민들의 동의까지 얻어 협약문을 발표하게 되었으니, 나로서는 그 과정 하나하나가 소중하지 않은 것이 없었다.

어떤 갈등이 있을 때 나 혼자 앞장서서 하는 것이 아니라 여러 사람들이 함께 해결할 수 있도록 구조를 만들어 주고, 그 뒤에서 하나하나 챙겨주며 함께 고민을 하다 보면 어떤 어려움도 해결할 수 있다는 확신이 생

따뜻한 젊은 정책의 약속

겼다는 점이 무엇보다 큰 수확이다.

만약 나 홀로 앞장서서 모든 사람들을 설득하려 했다면 지금의 성과를 얻을 수 있었을까? 아마 어려웠을 것이다. 신분이 국회의원인지라 주민들 눈에는 정치적으로 비쳤을 테고, 혼자서 정부 부처 장관들을 찾아다니고 또 주민들을 설득하기 위해 쫓아다니기만 했다면 아마도 아직껏 별다른 해결책을 찾지 못했을지 모른다.

그에 반해 조정위원회를 통해 각자 입장이 다른 사람들을 골고루 참여하게 만들고, 그들로 하여금 함께 이끌고 나가도록 했더니 좀처럼 풀릴 것 같지 않던 갈등이 서서히 해소되는 모습을 볼 수 있었다.

초반에 나를 비판했던 목소리 중에는 조정위원회의 역할 자체에 대해 의구심을 제기한 이들도 있었다. 혼자 할 자신이 없으니 위원회를 구성해서 시간을 끌려고 한다거나, 문제가 안 풀리면 위원들에게 핑계를 댈 것 아니냐는 이야기를 듣기도 했다.

그러나 조정위원회의 역할은 기대 이상이었다. 위원들 모두가 적극적으로 참여하여 머리를 맞대고 해결점을 찾아 나갔고, 그런 가운데 다양한 아이디어들이 속속 이어졌다. 서서히 청사진이 그려지자 변화에도 가속도가 붙었다. 마침내 조정위원회가 내린 결론을 들고 주민들에게 설명하고 설득을 하자 주민들도 마음과 귀를 열었다.

이번 경험을 통해 나는 우리 사회가 안고 있는 각종 갈등을 푸는 해법의 단초를 찾았다. 그것은 어느 한 사람의 노력이 아니라 여러 사람이 함께 풀어 나가면 반드시 길은 있다는 사실이다. 아마도 집단지성이나 민주적 리더십이란 이를 두고 하는 말일 것이다.

권택기의 꿈, 약속, 실천

대화를 통한 정부–주민 간 갈등 해결의 첫 사례로 손꼽힌 국립서울병원 문제는 현재도 차근차근 추진되고 있다. 위는 2011년 6월 진행되었던 보건복지부–한국자산관리공사 간 2차 실천협약, 아래는 지역주민들을 대상으로 개최했던 국립서울병원 추진경과보고회 모습.

비극으로 끝난 용산 참사는 우리 사회에서 언제나 벌어질 수 있는 갈등 양상의 대표적인 예라 할 수 있다. 그것은 힘의 논리, 경제적 논리에 따라 일방적으로 밀어붙이는 과정에서 벌어진 사태였다. 만약 서로의 요구와 갈등을 누군가가 조정해 줄 수 있었더라면, 국립서울병원의 경우처럼 갈등 조정의 자리가 마련되기라도 했더라면 결과는 어땠을까. 참으로 안타까운 일이 아닐 수 없다.

어떤 문제에 있어서나 또 어떤 사람을 만나거나 처음에는 서로의 의견과 생각을 공유하기 어렵다. 그러나 오랜 시간 얘기하다 보면 상대방에 대해 이해할 수도 있고, 나아가 친구가 되기도 한다. 하다못해 어떤 점이 같고 어떤 점이 다른지, 왜 그런지 이해할 수 있는 기회가 생긴다. 따라서 대화와 소통을 통해 서로의 공통점과 차이점을 발견하는 것은 갈등을 푸는 첫걸음이다.

갈등을 풀기 위한 대화와 소통은 시간이 좀 더 걸릴 수도 있다. 하지만 갈등으로 인해 생길 사회적 비용을 상쇄하고도 남는다. 공공정책을 추진할 때 갈등을 관리하는 요령을 정착시키는 것은 앞으로 우리 사회가 풀어야 할 숙제다. 그런 의미에서 국립서울병원 문제가 갈등 관리에 관한 좋은 선례가 되었으면 하는 바람이다.

권택기의 꿈, 약속, 실천

긴고랑 사람들 이야기

국립서울병원과 갈등조정위원회 얘기를 하다 보니, 우리 동네 긴고랑 얘기를 안 할 수가 없다. 오해 때문에 생긴 일종의 해프닝이어서 지금 생각하면 실소가 나오기도 하지만, 난 이 일을 통해 우리 주민들의 마을에 대한 애착과 이웃에 대한 끈끈함을 확인할 수 있어서 참 기억에 남는다. 확인되지 않은 소문의 무서움까지도.

아차산 기슭에는 계곡을 따라 맑은 물이 흘러내리는 긴고랑이 있다. 긴고랑은 도시공원조성사업을 통해 잘 가꾸어진 등산로 중 하나로 자리 잡았고, 그 긴고랑을 따라 서민들이 많이 살고 있는 곳이기도 하다.

그런 긴고랑이 2009년 초여름부터 술렁대기 시작했다. 그 무렵 국립서울병원 갈등조정위원회에서는 병원 문제를 해결하기 위해 다양한 대책과 대안을 검토하고 있었는데, 그 과정에서 어느 분이 긴고랑 길이 낙후되었으니 그곳과 병원 자리를 결합해 개발하는 것이 어떨지 한번 검토해 보자는 제안을 한 것이다. 국립서울병원을 이전할 수 없다면 광진구 내에서 대안을 마련해 보는 것도 하나의 방법이 될 수 있을 것 같아서 구체적인 검토에 들어가 보자고 했다.

전문가들과 상의를 해보니, 결합개발 방식이라는 지역 재개발 방식을 도입하면 병원을 긴고랑으로 이전하고 그곳에 살던 주민들은 새로운 주거단지로 옮겨 살게 할 수 있다고 했다. 또 병원 자리의 개발이익을 환수하여 긴고랑 길과 영화사 길을 연결하면, 그동안 중곡4동 발전에 걸림돌이 되던 문제들도 해결할 수 있을 것 같았다.

사실 중곡4동은 아차산 자락에 있는 탓에 개발 제한 요인들이 많다. 특히 2004년 3월 주거지역의 종을 세분화하여 결정할 때, 지역주민들도 모르는 사이에 1종 지역으로 지정되어 억울한 측면이 있었다. 이러한 문제들을 해결할 수 있다면 결합개발 방식도 검토해 볼 만하지 않겠느냐고 생각하여 전문가에게 검토를 의뢰했는데, 검토를 하려면 최소 3개월 이상의 시간이 필요하다고 했다.

그런데 검토가 아직 마무리되지도 않았던 어느 날, 긴고랑 주민 100여 명이 모여 성토대회를 연다는 소식이 들려왔다. 주민들 사이에서는 이런 이야기가 퍼져 있었다고 한다.

"우리 긴고랑이 못산다고 여기에다 정신병원을 처박는다!"

전후 관계를 확인하지도 않은 채 일부 인사들이 선동하는 바람에 많은 주민들이 무척 화가 나 있다는 것이었다. 근거 없고 어이없는 말 한마

권택기의 꿈,약속,실천

디 때문에 많은 분들이 분개하게 된 것이다. 주민들은 격앙되어 있었고 나에 대한 원망의 목소리도 높다고 했다. 나라도 그런 말을 들으면 화가 날 만했을 테다.

근거가 없는 말임을 주민들에게 직접 설명하고 사실 관계를 숨김없이 밝히고 싶었지만, 아직 검토 중인 사안인 데다 문제 해결에 대한 대안도 마련되어 있지 않은 상태여서 섣불리 주민들 앞에 나서서 어떤 설명을 할 수 있는 단계는 아니었다. 그래서 차후에 자초지종을 이야기하는 게 낫겠다고 판단하고 우선은 가만히 기다릴 수밖에 없었다. 그러나 파문은 그리 쉽게 가라앉지 않았다.

그러던 어느 토요일 오후, 구청 회의실에서 열리는 갈등조정위원회 소회의에 참석하기 위해 구청에 막 도착했을 때 누군가 내게 어서 다른 곳으로 몸을 피하라고 권했다. 긴고랑 주민 150여 명이 국립서울병원 이전에 항의하기 위해 방문을 했다는 것이다.

나는 피하지 않았다. 어떠한 위기에서도 우회하기보다는 당당하게 정면돌파하는 길을 항상 선택해 왔기에 그날도 긴고랑 주민들을 피하고 싶은 생각이 전혀 없었다. 나는 주민들과 얘기를 나눠 보자고 마음먹었다.

전해 들은 대로 구청 안마당에는 많은 분들이 모여 있었다. 그러나 대부분이 감정적으로 격앙되어 있어 차분하게 대화를 나눌 분위기가 아니었다. 혹시라도 물리적 충돌 같은 불상사가 일어날까 봐 가슴 졸이던 몇몇 분들이 나를 보호하기 위해 내 주위를 둘러쌌지만, 오히려 그게 더 달갑지 않았다.

그래서 나를 둘러싼 분들께 괜찮으니 물러서 계시라고 얘기하고는 일단 내 주위의 경계부터 풀었다. 그리고는 차분하게 앉아서 대화를 하

따뜻한 젊은 정책의 약속

자고 주민들께 말씀을 드렸다. 물론 화가 머리끝까지 나 있는 분들의 마음을 가라앉히기란 쉽지 않은 일이어서 한 시간가량 고성이 오간 뒤에야 가까스로 구청 강당에 자리를 만들었다.

나는 그 자리에서 그동안의 경과나 사실 관계를 설명하고 싶었다. 하지만 주민들의 마음은 요지부동이어서, 아무것도 설명할 필요 없으니 무조건 백지화하겠다는 각서를 써달라는 요구만 되풀이했다. "정신병원을 처박는다"는 말을 철석같이 믿는 분들이었으니 병원 이전 백지화를 요구한 것이다.

하지만 사실 백지화할 내용도 없고, 그렇다고 해서 준비된 대안이나 최종 검토 결과가 나와 있는 것도 아니었기에 "주민들이 반대하면 어떤 것도 하지 않겠다"는 약속밖에는 할 수 있는 말이 없었다.

긴고랑 주민들과 강당에서 마주 앉은 시간은 대화라기보다는 일방적인 성토에 가까웠다. 결국 그날의 자리를 마무리지어야 했기에 소위 '포기 각서'를 쓰고 백지화를 선언하는 것으로 끝을 맺었다.

내가 긴고랑 주민들과 대화를 나누고 싶었던 것은 오해만큼은 풀고 싶었기 때문이다. 대화를 통해 "돈 없고 못산다고 긴고랑에 정신병원을 처박는다"는 얼토당토않은 말은 더 이상 믿지도 하지도 말아 주었으면 하는 기대가 있었다. 그것이 아니라면 최소한 내가 '돈 없고 못사는' 사람들이라고 해서 핍박하는 그런 사람은 아니라는 사실을 모인 분들께 보여주고 싶었지만, 진심을 제대로 전달할 수도 없었고, 전달되지도 않았던 것 같다.

그 후로 더 큰 오해가 생기지 않도록 하려고 긴고랑 주민 대표로 하여

권택기의 꿈, 약속, 실천

금 갈등조정위원회 회의를 참관할 수 있도록 했지만, 오해는 하루아침에 그리 쉽게 풀리지 않았다.

그 일을 계기로 긴고랑을 아끼는 분들에게 많은 것을 배울 수 있었다. 자신의 터전을 지키겠다는 그 열정만큼은 존중하지 않을 수 없었다. 또한 사실이 아닌 잘못된 말이 얼마나 큰 오해를 낳는지, 그 오해는 또 얼마나 많은 소모와 낭비를 낳는지 깨닫는 계기도 되었다.

요즘도 가끔 긴고랑 길을 지나다 보면 그때 제대로 내 뜻을 전달하지 못한 아쉬움이 떠올라 가슴 한구석이 답답해지기도 하고, 그 일 때문인지 주민 분들이 나를 그리 반겨 하지 않는 것 같아 마음이 무겁다. 그러나 긴고랑에 대한 그분들의 사랑이 소중한 만큼, 나에게도 긴고랑과 그곳에 사는 주민 모두가 소중하고 귀하다. 오래도록 함께 살아가야 할 이웃이고 또 서로의 발전과 미래를 위해 언제라도 머리를 맞대야 하는 사이기 때문이다.

우리 사회가 서로를 이해하고 함께 어우러지려면 상대방의 의견을 충분히 듣고 존중해야 한다. 아무리 좋은 계획을 세우고 청사진을 만든다 할지라도, 서로간에 소통이 충분히 이루어지지 않으면 그 어떠한 것도 받아들여지기 어렵다. 귀를 닫고 마음의 문을 닫으면 대화는 언제까지고 불가능할 것이고, 또한 충분히 이해하고 준비하지 않는 한 상대방의 닫힌 마음을 열고 설득하기도 어려울 것이다.

따뜻한 젊은 정책의 약속

님비 현상, 무조건 비난만 할 것인가

따뜻한 젊은 정책의 약속

우리 동네에는 다른 동네와 달리 집집마다 음식물 쓰레기통이 놓여 있다. 본래는 여러 가구가 함께 버릴 수 있는 커다란 통을 비치하게 되어 있었는데, 냄새 나는 음식물 쓰레기통이 자기 집 앞에 있는 것을 좋아할 사람이 없으니 그렇게 된 것이다. 그러다 보니 자기 집 앞에 있는 통을 은근슬쩍 옆집 쪽으로 밀어놓는 일도 생기고, 통이 넘어졌는데 바로 치우지를 않아서 이웃 간의 다툼으로 번지는 일도 종종 있다.

쓰레기를 버리기는 해야겠고, 그렇다고 그 쓰레기통이 우리 집 앞에 놓이는 것은 유쾌하지 않은 사람들의 심리, 이런 심리에서 출발하는 사회 현상을 '님비NIMBY 현상'이라 부른다. 이는 '내 뒷마당에서는 안 된다Not In My Backyard'는 말의 약어로, 지역이기주의를 뜻하는 신조어다. 국립 서울병원 이전 문제의 경우도 언론이나 사람들은 님비라고 말한다.

그렇다면 '내 집 앞은 안 된다', '우리 동네는 안 된다'고 하는 사람들의 반응이나 욕구는 잘못된 것일까? 물론 사회 전체적으로 보자면 이를 이기심의 발로라고 볼 수도 있을 것이다. 그러나 요즘 사회에서 님비를 단순히 손해보기를 싫어하는 사람들의 이기심이라고 탓할 수만은 없다.

'싫다'는 개인의 기본적인 욕구나 한 사회의 욕구를 단순히 님비로 취급해서 방치해 두거나 밀어붙여서는 앞으로 그 어떤 공공사업도 추진할 수 없다. 방치하면 어차피 못 하는 것이고 밀어붙이면 결국 저항에 부딪히게 될 테니까 말이다. 문제는 앞으로 이런 경우가 점점 더 많아질 것이고, 그럴수록 더 많은 갈등을 불러일으킬 것이라는 점이다.

얼마 전 우리 지역 중학교를 이전하는 문제와 맞닥뜨리면서, 나는 우리 사회가 모든 구성원의 이익을 최대한 존중하는 쪽으로 나아가야 한다는 사실을 새삼 깨달았다.

인구 10만 명이 넘는 중곡동에서 중학교 하나가 국제중학교로 바뀌었다. 나는 기존 중학교가 국제중학교로 바뀌는 것을 끝까지 반대했다. 국제중학교가 이 지역의 발전에 실질적인 도움을 거의 주지 못할 것이라고 판단했기 때문이다. 또 중곡동의 초등학교가 네 개인 데 비해 중학교는 겨우 두 개뿐이라서, 그렇지 않아도 이곳 출신 학생 중 3분의 1이 다른 지역의 중학교로 배정받아 먼 거리를 통학해야 하는 불편을 겪고 있는 판인데 그나마 있던 중학교 하나가 국제중학교로 전환되면 그 불편이 더욱 심각해질 게 뻔했다. 그러나 결국 국제중학교는 들어섰다.

그래서 교육청의 허가를 얻어 기존의 중학교를 이전하는 방안을 추진하게 되었는데, 막상 닥치고 보니 중학교를 하나 옮기는 일에도 지역

권택기의 꿈, 약속, 실천

내 다양한 사람들의 다양한 입장들이 복잡하게 얽혀 있어 쉽게 추진할 수 있는 것이 아니었다.

자녀들이 먼 곳의 학교로 배정받아 등굣길이 고생길이 되는 것을 염려하는 학부모들은 가까운 곳에 학교가 생긴다는 사실 때문에 대체로 찬성하는 입장이었다. 그러나 학교가 들어설 장소에 자기 땅을 가진 주민들은 재산권이 침해되는 것을 우려해 반대했다. 충분한 보상을 약속해도 막무가내였다. 학교를 짓지 못하게 되면 아이들이 먼 곳으로 다녀야 한다는 사실은 안타까워했지만 내 땅에 옮겨 짓는 것은 용납할 수 없다는 태도였다. 중학교 이전을 반대하는 주민들을 설득할 수 있는 시간도 충분하지 못했지만, 그렇다고 모두가 인정할 만한 대안도 제시하지 못했다. 결국 지역주민과 학부모들의 충분한 동의를 구한 다음에 다시 추진하기로 하고 계획을 보류해야 했다.

이 일을 겪은 후로 나는 '주민이 반대한다면 속도를 늦추고, 설득되지 않으면 취소한다'는 원칙을 세웠다. 그것이 정도正道요 원칙이다.

오늘날 우리 사회는 개인의 이익을 충분히 보장해 주지 않거나 모든 사람이 동의하지 않을 경우 어떤 일을 추진하는 데 큰 어려움을 겪는다. 그것이 공공사업이라 할지라도 예외가 아니다. 흔히 이를 두고 님비 현상이라 하며 그 이기심을 비웃지만, 그것은 문제를 해결하는 현명한 방법이 아니다. 현안을 둘러싼 갈등을 조정하고 최대한 많은 사람들의 동의를 구할 방법을 찾아 나가는 것만이 슬기로운 대처다.

마지막 노잣돈을 챙겨 드리는 마음으로

따뜻한 젊은 정책의 약속

"택기야, 이를 우야면 좋노. 내가 아무래도 사기를 당한 모양이라. 걱정이 돼가 밤에 잠도 몬 자고 밥도 안 넘어간다."

국회의원으로 당선되고 나서 안동의 고향집에 처음 내려갔을 때, 금의환향이라며 온 동네 분들이 다 모여서 축하를 해주었다. 동네 분들이라고 해도 집성촌인 마을이라 다들 가깝거나 먼 친척들이 대부분인데, 그 중 할머니 한 분의 안색이 유난히 어두워 보여 여쭸더니 뜻밖의 말씀을 한다. 내가 아는 할머니는 누군가에게 사기를 당할 만큼 재산이 있는 분이 아니요, 그저 남의 집 밭일이나 도우며 근근이 살아가시는 분이라는 사실을 알기 때문이다.

애긴즉슨 이랬다.

죽어서라도 자식 신세를 안 지려고 상조업체에 가입했다. 그리고 없

따뜻한 젊은 정책의 약속

는 돈을 쪼개 매달 꼬박꼬박 2만 3천여 원씩 근 2년간을 부었는데, 그 상조업체가 어느 날 돈만 챙기고는 문을 닫고 도망을 가버렸다. 애초에 약속한 서비스는커녕 그동안 부어 왔던 돈도 되찾을 길이 없게 되어서 속상하다는 말이었다.

듣고 보니 참으로 딱한 일이 아닐 수 없었다. 2만 3천여 원이라는 돈을 2년 동안 부었으니 그 금액은 50만 원 정도. 가진 이들에게는 참으로 아무것도 아닌 푼돈이겠지만, 농촌에 살면서 당신 손으로 상조업체에 가입하는 어르신들에게는 결코 적지 않은 돈이다. 아니 액수의 과다가 문제가 아니라 믿고 의지한 업체에게 당한 배신감, 자식에게조차도 잘못 얘기했다가는 괜한 짓 했다고 타박을 받을까 봐 끓이는 속앓이는 무슨 수로 보상받을 수 있을까.

시골의 어르신들은 대부분 이렇다. 당신들뿐만 아니라 자식들도 그다지 넉넉지 못한 형편이다 보니, 돌아가시고 난 후에 생길 뒷일을 자식들에게 부담 지우고 싶지 않은 마음이 간절하다. 그래서 평소에 한 푼 두 푼 아껴뒀던 쌈짓돈을 상조업체에 부었던 것이다. 그것이 자식들에 대한 마지막 배려요 부모 마음이다. 자식들에게 큰 짐 지우지 않고 장사를 치르게 할 수 있는 유일한 밑천을 홀라당 들어먹었고, 그 마음마저 빼앗겨 버린 허탈감이란 우리로서는 감히 짐작조차 하기 어렵다. 시쳇말로 '죽어도 시원찮을 판'이 되어 버린 것이다.

상황을 파악해 보니, 그 할머니를 비롯해 인근 지역에만 스무 집 가까이 똑같은 피해를 입었다. 상조업체에 가입을 시킨 사람도 같은 지역 출신이어서 어르신들 사이에서는 예전부터 알고 지내는 사람이었지만 일이 터지자 자취를 감추었다고 했다. 또한 이런 일이 처음이 아니라 시골

권택기의 꿈, 약속, 실천

에서는 심심찮게 생기는 일이라는 사실도 알게 되었다. 기가 막힌 일이
아닐 수 없다.

　서울로 올라와 한국소비자원과 공정거래위원회를 통해 내용을 알아
보고는 더 놀랐다. 상조업체로 인한 피해나 운영 실정이 짐작했던 것보
다 훨씬 심각했기 때문이다. 고향에서 전해 들었던 것과 같은 피해 사례
가 급증하고 있는데도 기본적인 관련 법조차 제대로 제정되어 있지 않
았고, 자본금 5천만 원만 있으면 누구나 상조업체를 차릴 수 있다는 사
실도 알았다.

　현실이 이러하니 우후죽순으로 생기는 무책임한 상조업체에 의한 피
해는 예견되어 있었고, 설혹 억울한 일을 당해도 어디 가서 어떻게 해결
해야 할지 알 수도 없다. 어르신들은 더욱 그렇다. 나랏일 하는 높은 사
람들은 얼굴 한번 보기 힘들 정도로 높고, 법으로 호소하자니 너무 멀다.
한국소비자원에 가서 호소하는 방법은 아예 모르니, 피해를 입은 당사
자로서는 애꿎은 스스로를 탓하며 가슴을 쥐어뜯을 수밖에 없다.

　그렇다고 대형 업체는 믿을 수 있느냐. 그것도 아니다. 국내 최대 규
모를 자랑하는 상조회사인 보람상조가 고객의 돈을 횡령한 사실이 밝혀
져 사회적 파장을 일으킨 것만 보더라도, 국내 상조업체는 규모의 문제
가 아니라 좀 더 근본적인 문제점이 도사리고 있음을 알 수 있다.

　상조업은 1982년 일본으로부터 들어와 부산에서 시작되었다. 그 후
조금씩 늘어나다가 최근 몇 년 사이 시장 규모가 급격히 확대되었다. 가
입 회원 수도 전국적으로 300만 명이 넘고, 업체수도 410개로 증가 추세

따뜻한 젊은 정책의 약속

2011년 4월 28일 한국소비자원 주최로 광진노인종합복지관에서 열린 '노인 소비자 피해예방을 위한 특강'에 앞서 인사말을 하고 있는 모습. 어르신들은 설혹 억울한 일을 당해도 어디 가서 어떻게 해결할지 몰라 자신만을 탓하며 가슴을 쥐어뜯는 게 현실이다.

에 있으며, 시장 규모도 3조~4조 원에 이른다.

문제는 상당수 업체가 정상적인 신고조차 하지 않은 상태에서 불안정하게 운영되고 있다는 점이다. 그러다 보니 부도가 나서 하루아침에 사라지는 일도 부지기수다. 더욱이 피해자 대부분이 서민이라는 점도 문제다.

'죽음 이후'의 문제를 해결할 수 있을 만큼 충분히 여유가 있는 사람들은 굳이 상조회에 가입하지 않아도 된다. 상조업체에 가입하는 회원들 상당수는 소위 말해 '살 만한' 사람들이 아닌 '살기 힘든' 서민들이다. 특히 정보도 빈약하고 대처 능력도 상대적으로 떨어지는 농어촌 어르신들은 피해 위험에 고스란히 노출돼 있다. 그리고 막상 피해를 입어

권택기의 꿈, 약속, 실천

도 어디 가서 하소연조차 하지 못한다.

또 자본금 5천만 원만 있으면 사업자 등록을 하고 상조업을 바로 시작할 수 있다 보니, 기초 자본이 부족한 군소 상조업체의 경우는 계약금만 받고 나서 자금 관리를 허술히 하고 이마저도 영업수당으로 써버리는 일이 비일비재하다. 자본이 없으니 또 다른 계약자를 찾아나서야 하고, 허술한 자금관리로 자본이 바닥나면 또다시 계약자를 물어 와야 하는 빈곤의 악순환. 한마디로 '아랫돌 빼서 윗돌 괴기'식 운영이다.

은행에 돈을 맡기거나 보험에 가입했을 때는 금융기관이 부도가 나도 예금자보호법과 계약 조건에 따라 일정 금액을 보호받을 수 있지만 상조업체에 한번 낸 돈은 보호받지 못한다. 이밖에도 상조업체의 허술함은 한두 가지가 아니다.

한국소비자원에 접수된 상조업체 관련 피해 건수도 2005년 219건에서 2009년에는 2,446건으로 10배 이상 증가했다. 부도나 폐업으로 고객이 납부한 돈을 전혀 돌려줄 수 없는 업체가 전체의 약 16%였고, 이런 업체에 가입한 회원 수만 해도 20만 명 가까이 됐다.

참여정부 때도 상조업체에 대한 민원이 많아 국무총리 주재로 '국정현안 정책조정회의'까지 개최하면서 조정을 하려 했지만, 담당 부처의 이견으로 난항을 겪었다. 결국 공정거래위원회가 소관 부처가 되어 '할부거래법'을 개정하기로 했지만 전혀 진척이 없었다. 상조업체에 납부하는 회비를 보험의 성격으로 봐야 하느냐, 선불식 할부금으로 봐야 하느냐를 가지고 금융위원회와 공정거래위원회가 서로 떠넘기기를 한 탓이었다.

따뜻한 젊은 정책의 약속

이대로 내버려둘 수 없었다. 안정적으로 운영할 수 없는 업체들은 정리하되, 제대로 규모를 갖춰 안정적으로 운영할 수 있는 업체들은 정책적으로 양성화해 회사가 잘못되더라도 회원들이 기본 예치금 정도는 되찾을 수 있는 방안을 강구해야 했다.

기초 자료부터 다시 수집했다. 공정거래위원회, 금융위원회, 금융감독원, 보건복지부, 청와대 등 관련이 있는 기관에 모두 자료를 요구했다. 그리고 자산 총액이 70억 원 이상인 상조업체의 외부 회계감사보고서를 분석했다. 여기에 해당하는 상조업체는 총 8개였는데, 규모가 큰 업체임에도 문제가 심각했다.

회원으로부터 받은 회비 중 나중에 되돌려주어야 하는 돈을 주식이나 부동산에 투자하여 자금 운영이 불안정한 업체도 발견되었다. 영업모집 수당, 연예인을 동반한 광고·판촉비, 직원의 급여나 퇴직금으로 많은 돈을 지출하느라 전체 회비 중에서 영업비용이 66%나 되고 영업손실 규모가 117억 원이나 되는 업체도 있었다.

국회 정무위원회 국정감사 때 공정거래위원회를 상대로 상조업체 운영 실태의 심각성과 문제점을 낱낱이 지적했다. 당시 공정거래위원장으로부터 다시 한 번 할부거래법 개정을 위해 노력하겠다는 답변을 받았지만, 이듬해 2월이 되어도 국회에 법률 개정안이 제출되지 않았다. 입법 예고까지 마친 '할부거래법 개정안'을 두고 공정거래위원회는 업계와의 조율을 핑계로 미뤄 왔고, 그러는 사이에도 상조업체 가입 소비자들의 피해 규모는 증가하고 있었다.

해법이 필요했다. 정부에서는 법률 개정안을 국회에 제출하려면 다

권택기의 꿈·약속·실천

시 3~4개월이 더 지나야 된다고 했다. 피해 소비자들의 민원이 날로 느는 상황에서, 국정감사 때 문제점까지 지적한 의원으로서 그냥 지켜볼 수만은 없었다.

공정거래위원회와 조율을 시도했다. 지금까지 진척된 법률 개정안을 우선 국회에 제출하고 법률 심사 과정에서 수정할 부분을 논의하는 것이 더 효율적이라고 판단했기 때문이다. 그렇게 해서 '할부거래법 개정안'은 의원 입법안으로 제출되었다.

개정된 법안은 상조업체의 최소 자본금이 3억 원 이상이어야 하고, 공정거래위원회에 의무적으로 등록하도록 하며, 재무 상태와 선수금 등의 정보를 공개하도록 했다. 또 등록한 업체는 회원들에게 받은 회비의 50%를 의무적으로 예치하도록 해서 소비자 보호 장치를 마련했다.

이 법이 통과되기 전부터 의원회관으로 "빨리 법이 통과되었으면 좋겠다"는 격려 전화가 빗발쳤다. 소비자들의 문의 전화도 많았지만, 상조업체들 역시 이 법을 통해 부실 업체가 정리되기를 바란다고 했다. 부실 업체로 인한 피해 사례가 늘어서 건실한 업체들조차도 영업을 하기가 너무 어렵다는 하소연이었다. 이 법은 지난해 국회를 통과했고 법률로 공포되었다. 따라서 2010년 9월부터는 모든 상조업체들이 이 법의 규정을 준수해야 한다.

참으로 지난한 입법 과정이었다. 하지만 평생을 어렵게 살아온 분들이 인생의 마지막 길에서까지 피해를 당하는 일만큼은 막고 싶었다. 그것이 단지 돈의 문제만이 아니라 가슴에 맺힌 피멍울로 이어진다는 것을 누구보다 잘 알기 때문이었다. 이 땅을 일군 모든 어르신들에게 마지막 노잣돈을 챙겨 드리는 마음으로.

따뜻한 젊은 정책의 약속

게시판

어르신이 대접받는 사회를 위하여

따뜻한 젊은 정책의 약속

18대 총선은 그동안 남의 선거 뒷바라지만 하다가 당당히 내 이름을 내걸고 출마한 첫 선거라서 의욕도 대단했지만 긴장도 그에 못지않았다. 한 사람이라도 더 만나려고 잠을 아꼈고, 한 마디라도 더 전달하려고 생각을 멈추지 않았으며, 한 가지라도 더 보아두고 들어두려고 눈을 부릅뜨고 귀를 쫑긋 세웠다.

선거는 선출직인 의원에게는 참으로 귀한 기회다. 지역 유권자를 통해 의정 활동을 할 수 있게 되느냐 그렇지 않느냐를 심판받는 것도 중요하지만, 이때만큼 많은 주민들을 집중적으로 만날 기회도 드물기 때문이다. 사소한 대화라도 나눌 수 있는 사람이 백여 명이요, 손 한 번만이라도 잡아본 사람은 그보다 많을 테고, 명함 한 장 건네받은 이는 부지기수다. 만나는 사람의 숫자만 집중적인 게 아니고 다양한 지역 사정을 보고 들을 수 있다는 점도 그렇다. 제아무리 출마 준비를 몇 년씩이나 했다고 해도 지역 구석구석의 다양한 사정을 모두 알 수는 없는 법.

하지만 선거 때는 민원이라는 형태로 온갖 다양한 요구들이 전달되기에 이것만 취합하고 분석해도 지역 사정에 통달하게 된다. 그래서 당락을 떠나 선거를 한번 치러 본 사람은 지역 현안과 문제점, 그리고 그 해법과 방향에 관해 누구보다 해박한 정보와 지식을 갖게 된다. 그것도 살아 있는 생생한 것들로.

선거운동이 한창 무르익었을 무렵이다. 따뜻한 초봄의 햇볕을 만끽할 사이도 없이 이 구석 저 구석을 돌아다니다가 마침 구의시장에 들렀을 때다. 좁다란 시장 골목을 훑고 후미진 뒷길을 지나는데 연로하신 할머니 한 분이 폐지를 주섬주섬 챙기는 모습이 눈에 들어왔다.

그런데 웬일인지 먼발치서 나를 본 순간, 할머니는 들고 있던 종이상자를 황급히 내려놓으며 자리를 피하려고 했다. 마치 무슨 잘못을 하다가 들킨 표정이었다.

"안녕하세요, 할머니? 한나라당 국회의원 후보 권택기입니다. 무슨 일 있으세요?"

할머니의 무안함을 좀 덜어 볼 요량으로 평소보다 더 크게 인사를 하고는 덥석 손을 쥐고 여쭀다. 그제야 조금 안심이 되었는지 굽은 어깨를 펴고는 고개를 들어 슬그머니 얼굴을 쳐다본다. 지금은 당최 찾아보기도 힘든 털신에 월남치마와 남루한 스웨터, 그리고 바싹 야윈 어깨와 깊은 주름이 지나온 세월의 두께와 지금 처한 상황을 말해 주고 있었다.

할머니는 거칠고 투박한 손으로 마주 잡은 내 손을 더욱 힘 있게 쥐더니 기운이라고는 하나도 없는 목소리로 천천히 입을 열었다.

권택기의 꿈, 약속, 실천

"내가 몸이 아파서 약이라도 먹어야 하는데 돈이 없어서 이렇게 종이를 주우러 나왔다우. 약값이라도 하려구. 그렇다고 아무나 종이를 주워 갈 수 있는 것도 아니고. 의원 양반, 나 좀 어떻게 도와줄 수 없수?"

그랬다. 몸이 아픈데 돈은 없고, 약값이라도 마련해 보려고 폐지를 주우러 나왔는데 그것도 가져가는 사람이 따로 있어서 아무나 손대면 안 되었던 것이다. 나를 보고 흠칫 놀란 것도 바로 그 때문이었다.

안타까운 일이지만 한편 난감했다. 할머니의 간절한 부탁을 뿌리치기도 어려운 일이고, 그렇다고 해서 얼마가 됐든 돈을 줄 수도 없는 처지였다. 고물상에서 쳐주는 폐지 가격은 1킬로그램에 100~150원 정도. 폐지가 나오는 회사나 상점의 영업시간을 피해야 하니까 새벽이나 밤이 늦어서야 일을 할 수가 있는데 그렇게 해서 모을 수 있는 폐지의 양이란 게 고작 40~50킬로그램. 돈으로 치면 6,7천 원이 전부다. 당장 필요한 그 적은 돈조차 해결해 주지 못하는 국회의원 후보라니.

그저 위로의 말 한마디만 남기고 돌아오는 내내 가슴이 먹먹했다. 눈앞에서 절박한 심정으로 도움을 청하는 이를 두고서도 할 수 있는 게 아무것도 없다는 사실에 절망했다. '그러고서 네가 무슨 이웃을 챙기고 나라의 미래를 설계한다고 하느냐'는 손가락질이 사방으로부터 쏟아지는 듯한 느낌이었다.

울컥 하는 감정을 가까스로 추스르고 골목을 나왔다. 시장 한복판에는 유세 차량이 서 있었다. 거기에는 나를 기다리던 운동원들이 열 명쯤 있었고, 청중으로 할머니와 할아버지 스무 분 정도가 계셨다. 아마 근처 경로당에서 소일거리 삼아 나오신 분들인 듯했다. 그런데 그 어르신들을 보는 순간, 가까스로 참아 왔던 감정이 한꺼번에 터져나왔다.

"……방금 골목을 지나다가 한 할머니를 만났습니다. 그 할머니가, 약값이 없어서 종이를 주우러 다니시는 그 할머니가, 제 손을 잡고 약값을 부탁하는데 제가 해드릴 수 있는 일이 없었습니다. 제 어머니도 올해로 일흔이십니다. 우리의 어머니, 대한민국의 어머니들은 위대하십니다. 전쟁의 폐허에서 겨우 하루 먹을거리조차 마련하기도 힘든 시절에도 헌 치마 기워 입으시며 자식들에게 가난만은 물려주지 않겠다고 공부시키신 위대한 분들입니다. 대한민국의 어머니, 그 위대한 정신의 어머니들이 자식들의 보살핌을 받지 못하고, 국가로부터 보호받지 못하는 현실이 안타깝습니다. 어머니의 사랑을 얻은 자식으로서, 대한민국의 젊은이로서 도리를 다하지 못하고 있는 게 부끄럽습니다. 드릴 말씀이 없습니다. 여러분들과 함께 살아가겠다는 약속 외에는 저는 드릴 말씀이 없습니다……."

결국 사고를 쳤다. 격해진 감정을 다스리지 못해 쏟아지는 눈물로 더 이상 말을 이을 수 없었다.

그 후 누군가는 어렵게 사는 사람에 대한 한낱 동정심에 불과한 것 아니냐고 비아냥거리기도 했다. 정치 하는 사람의 '쇼'라고 말하는 사람들도 있었다. 심지어 아무개로부터 눈물 한 번 흘리고 국회의원이 됐다는 말도 들었다. 하지만 지금도 그날 생각을 하면 콧등이 시큰거리고 가슴이 묵직하다. 그리고 그날의 유세는 가감 없는 내 솔직한 속내의 표현이었다.

내 또래의 어머니들이 대부분 그랬다. 일제 강점기에 태어나서 전쟁

나는 우리나라의 오늘을 만든 가장 큰 원동력이 바로 우리 어머니들이라고 믿는다. 적어도 이분들이 사람답게 살 권리는 보장해 줄 수 있는 따뜻한 사회를 위해 끊임없이 노력할 것이다.

을 거쳤다. 넉넉지 못한 살림에 배곯는 설움을 겪었고, 가부장적 사회 분위기 속에서 딸이라고 천대받았다. 배우는 것은 호강에 겨운 몇몇 집이나 가능한 일이었고, 집안 살림을 도맡거나 남의집살이를 해서라도 집안 형편에 보탬이 되는 일을 마다하지 않았다. 결혼을 하면 시집살이가 기다리고, 가정은 나 몰라라 팽개친 남편을 대신해 살림을 하고 아이들을 키웠다. 못 먹고 못 배운 게 한으로 남아 당신은 굶으면서도 자식새끼 배는 채웠고, 어떤 수고를 감수하고라도 아이들을 교육시켰다. 그렇게 자란 아이들이 제 힘으로 큰 양 이리저리 뿔뿔이 흩어져 제 살 길만 도모할 적에도 고향의 어머니는 언제 돌아올지 기약 없는 자식을 기다리며 늘 제자리를 지켰다. 마을 앞 동구나무처럼.

그런 어머니들이 아파도 약값 몇 푼이 없어 남의 눈치를 보며 폐지를 주워야 하고, 아무도 돌보는 이 없이 단칸방에서 쓸쓸히 죽어 가고 있다. 누가 책임져야 할까.

나는 우리나라의 오늘을 만든 가장 큰 원동력의 하나가 바로 우리 어머니들이라고 믿는다. 간난과 신고 속에서도 평생을 희생으로 뒷바라지하며 대한민국을 오늘의 대한민국으로 일군 일꾼들을 길러낸 자랑스러운 어머니들이 아닌가. 이분들께 훈장을 하나씩 달아 드리진 못하더라도 최소한 사람답게 살 권리를 보장해 주어야 하지 않겠는가. 누가? 국가가. 나이가 들어서도 누구나 걱정 없이 편안한 생활을 누릴 수 있는 나라. 그것이 소득 3만 달러니 4만 달러니 하는 자랑보다 더 값어치 있는 선진국의 척도라고 나는 믿는다.

며칠 전에도 폐지 때문에 다툼을 벌이다가 급기야 경찰서 신세를 지게 된 어르신의 이야기가 신문에 실렸다. 구의시장 뒷골목에서 만난 할머니가 겹쳐 떠오르면서 또 한 번 눈물바람을 했다. 아직 오십견이 올 때가 안 된 것 같은데 또 어깨가 천근만근이다.

권택기의 꿈, 약속, 실천

한글학교에서 여성 이주민 문제를 생각하다

"안, 녕, 하…십니, 까?"

눈동자가 유난히 까맣고 눈매가 선한 여인이 어눌한 발음이지만 꽤나 열심히 한글 공부를 하고 있다. 스물두엇쯤 되어 보이는 이 여인은 품에 갓 돌이나 지났을까 싶은 갓난아이를 안고 있었는데, 한눈에 보아도 우리나라 사람이 아니라는 사실을 알아채기 어렵지 않았다.

베트남의 깡촌에서 태어나 살다가 이곳으로 시집온 지 1년 반밖에 되지 않은 새댁이었다. 그런데도 아직 '안녕하십니까' 정도의 간단한 인사말 외에는 할 수 있는 말이 거의 없었다. 말을 못하니 당연히 들을 수도 없고, 따라서 우리말로는 그 어떤 의사소통도 되지 않았다. 언어가 통하지 않으니 남편에게도 무시받고 때때로 폭행마저 당했다. 더욱이 동남아 출신 이주민 여성들을 동등한 인간이자 여성이라기보다는 '돈에 팔려온 사람'으로 인식하는 상당수 주변 사람들의 비뚤어진 시선은 참기

따뜻한 젊은 정책의 약속

이주민 여성들을 위한 광진구의 '세종한글학교'. 현재 학생 수만 100명이 넘는 이곳은 이제 한글 공부 뿐만 아니라 타국살이를 하는 다양한 이주민 여성들의 만남과 교류, 친목의 공간이 되었다.

힘든 고통이었다.

결국 이 여인은 젖먹이 하나만 달랑 들쳐업고 집을 뛰쳐나왔고, 그 길로 홀로서기를 감행했다. 허나 문제는 우리말을 할 줄 모르니 어딜 가더라도 일자리를 구하거나 생활하기가 어렵다는 것이었다. 그래서 지금부터라도 우리말과 글을 배우겠노라며 열정을 불태우고 있었던 것이다.

화양동의 '세종한글교육학교'에서 목격한 풍경이다. '세종한글교육학교'에는 이렇듯 외국에서 시집와 한글을 익히려는 이주민 여성들이 주로 찾아온다. 그리고 평생을 까막눈으로 살다가 뒤늦게나마 한글을 익히려는 어르신들도 꽤 된다.

'세종한글교육학교'는 동네에서 주유소를 운영하시는 분이 사재를

권택기의 꿈, 약속, 실천

털어 순수 민영으로 운영하는 곳이다. 처음에 주유소 한쪽 구석에 교실을 차려 이주민 여성들을 위한 무료 한글학교를 열었을 때에는 낯선 탓인지 부끄러움 때문이지 쭈뼛거리며 들어서는 학생 수가 고작 두서넛이었지만, 입소문이 퍼지면서 찾아오는 학생 수가 점점 늘었다. 급기야는 주유소 한쪽 구석만으로는 감당이 되지 않아 아예 공부를 가르치기 위한 공간을 새로 얻어야 하는 일까지 생겼다. 그래서 옮긴 곳이 지금의 자리인 화양동이다.

현재 학생 수만 100명이 넘는 이곳은 이제 한글 공부뿐 아니라 타국살이를 하는 다양한 이주민 여성들의 만남과 교류, 친목의 공간이 되었다. 예전에는 마련하지 못했던 점심식사도 주고, 모유수유방도 마련되어서 젖먹이를 데리고 오는 아기엄마들에게는 작으나마 편의도 제공할 수 있게 되었다.

그러나 갈수록 늘어나는 학생들을 수용하기에는 공간이 좁고 시설이 충분치 못하다. 정부 차원의 지원을 받지 못하고 개인 사비만으로 해결하는 실정이다 보니 안타깝기 그지없다. 그럼에도 불구하고 큰 도움이 되지 못하는 나는 이곳을 들를 때마다 주유소 사장님이 차려놓은 밥상에 숟가락만 얹는 것 같아 늘 낯이 뜨겁다.

언제부턴가 동네 시장이나 길거리에서 이주민 여성이나 외국인 노동자들을 보는 것이 더 이상 낯선 풍경이 아닌 사회가 되었다. 광진구에도 적잖은 수의 외국인들이 살고 있다. 국제결혼이라 하면 예전엔 시골 처녀들은 도시로 나가고 도시 처녀들은 시골에 가지 않으려 해서 적령기를 놓친 농촌 총각들의 전유물처럼 여겼지만, 최근에는 도시에 사는 다

따뜻한 젊은 정책의 약속

문화 가정의 수도 급증하고 있다.

이주민 여성들의 상당수는 중국 출신이다. 그 중에서도 조선족 여성들은 사실 외모에서도 차이가 거의 나지 않고 우리말을 하는 데도 그다지 큰 문제가 없어 낯선 땅에 적응하는 데 상대적으로 어려움을 덜 겪는 편이다. 그러나 베트남을 비롯한 동남아시아나 그 밖의 나라 출신들은 한국말을 전혀 몰라 겪는 불편과 소외감이 이만저만 아니다. 일상적인 생활을 하려고 해도, 일자리를 구하려고 해도 말이 통하지 않으니 보통 힘든 게 아니다. 새 가정을 꾸려 행복하게 살아 보리라는 희망은 처음부터 삐걱거릴 수밖에 없다.

소통, 즉 언어는 그만큼 중요하다. 말이 통하지 않으니 상대방의 의사를 알 수 없다. 의사조차 알 수 없는데 상대의 문화를 이해하기란 애당초 불가능하다. 말이 안 통한다고 답답해하고 문화를 모른다고 구박한다. 처음에는 남편이 무시를 하고, 이어 시댁 식구들이 구박을 하고, 결국 이웃으로부터도 소외당하는 불행의 씨앗이 바로 언어인 것이다.

일은 거기서 끝나지 않는다. 소통 부재에서 오는 오해는 폭력을 낳고, 폭력은 상처를 남긴다. 폭력이 남기는 상처는 몸뚱어리에만 생기는 게 아니고 마음까지도 다치게 하는데, 문제는 다친 마음은 쉽게 치유되지 않는다는 데 있다. 또 그것이 자녀교육으로도 이어져 안 좋은 영향을 미치리라는 것은 불을 보듯 뻔하다. 이렇게 길러지는 자녀는 제2의 피해자다. 김치와 된장찌개와 미역국 문화에 적응할 최소한의 기회조차 주어지지 않은 채 임신과 출산을 겪는 여성들, 자기 자신도 아직 적응 못했는데 '한국 어머니' 노릇을 해야만 하는 아기엄마들. 그들은 발만 우리 땅에 디뎠을 뿐, 마음의 다리를 미처 건너오지는 못했다.

권택기의 꿈, 약속, 실천

지난 2009년 9월 9일 개최한 '다문화가정 지원 특별법 제정을 위한 간담회' 모습. 소통 부재에서 오는 이주 여성들의 어려움을 해소하기 위해서는 국가 차원의 교육 프로그램을 구축하는 것이 시급하다.

한글교육학교를 나서면서 시작된 이주민 여성들의 언어 문제에 대한 생각이 꼬리에 꼬리를 물더니 급기야 그 자녀들의 교육에까지 미치게 되었다.

국내 국제결혼 가정의 자녀수는 2009년 7월 현재 10만 7,000명을 넘어섰다. 행정안전부의 통계에 따르면 이중 6세 이하가 전체의 59%가량인데, 이는 곧 학교에 다니게 될 아이들의 수가 크게 증가할 것임을 의미한다.

그러나 학교에 다니는 아이들 상당수는 어머니로부터 한국어 교육을 제대로 받지 못해 학교 생활에 어려움을 겪고 있다. 어머니들의 한국어가 서툴다 보니 2세들도 일반 한국 아이들보다 한국어가 서툴고, 이

따뜻한 젊은 정책의 약속

는 학교 교육에서 뒤처지는 결과로 이어진다. 특히 초등학교 3학년부터는 그 차이가 확연히 드러난다고 한다.

따라서 이주 여성에게 가장 시급하고도 중요한 문제는 한국의 언어와 문화, 사회에 대해 배우고 적응할 수 있는 최소한의 기회를 주는 것이다. 물론 이주 여성에 대한 한글 교육은 각 사회단체·시민단체·국가기관에서도 실시하고 있다. 그러나 그러한 단체에 가서 교육을 받을 수 있는 이주 여성의 수는 현실적으로 그리 많지 않다. 시간적·경제적 여유가 없기 때문이다.

그래서 생각한 것이 '브릿지Bridge 교육 프로그램'이다. 서로 다른 언어, 서로 다른 문화를 가진 사람들 사이에 '다리'를 놓아 의사소통을 하고 상대방의 문화와 사회를 이해할 수 있도록 하는 것이다. 국가가 '험한 세상의 다리' 역할을 해주자는 의미다. 브릿지 프로그램을 통해 우리나라에 있는 외국인이라면 누구나 쉽게 우리 언어와 문화, 사회를 배울 수 있도록 체계적인 교육과정을 제공하자는 것이다. 그들을 사회 안으로 끌어안고, 그들의 2세까지도 어엿한 대한민국 국민이자 글로벌 인재로 자라날 수 있도록 국가 차원의 교육 프로그램을 구축할 필요가 있다.

온라인으로 브릿지 교육 프로그램을 개발할 수도 있다. 또 우리나라에 잘 발달되어 있는 방송통신 교육 시스템을 활용하는 방법도 생각해볼 수 있다. 단계별 교육 프로그램에 따라 CD를 제작해 배포하거나 일정한 시간대에 방송하는 프로그램이 있다면, 가정형편이 어렵고 일에 얽매여 특정한 곳에 정기적으로 다니는 것이 쉽지 않은 이주 여성들에게 얼마나 큰 도움이 될 것인가. 집에서 라디오나 TV, 컴퓨터를 통해 한글 교육이나 사회 교육을 받을 수 있을 테니까 말이다.

권택기의 꿈, 약속, 실천

우리 사회는 지금 큰 전환점에 서 있다. 전후 황폐기를 지나 산업화를 거쳤고, 민주화 단계를 거쳐 이제는 성숙한 민주사회로 가는 전환점에 서 있는 것이다. 이 전환점에서 기본적으로 갖춰야 하는 것이 경제력이다. 국가는 큰 틀에서의 경제를 고민하겠지만, 실질적인 삶에서 가장 문제되는 것은 소위 양극화의 한 축인 서민들, 그리고 이 서민들의 한 부분인 이주민 문제다.

지금 청년실업률이 높은 이유는 일자리가 없어서가 아니라 '좋은' 일자리가 없어서이다. 국민소득이 1만 달러가 안 되었던 시대에는 고등학교만 졸업하면 대부분 공장이나 산업현장으로 갔지만, 이제는 대학 졸업자들이 부지기수다 보니 더 좋은 직장으로 가기를 원한다. 그러다 보니 중소기업이나 산업현장에서는 사람을 못 구하고 해외 인력을 계속 받아들이는 것이다. 1970년대에 중동에 나간 노동자들이 그곳과 우리 경제 발전에 기여를 했듯이, 지금 우리나라에서는 그 역할을 외국인 노동자들이 하고 있는 셈이다.

이주민 여성과 다문화 가정의 문제는 단지 현상적인 문제가 아니다. 또 소수의 문제가 아니라 국가 차원의 문제다.

현재의 심각한 저출산 문제를 극복하기 위해 국가 차원에서 할 수 있는 일이 두 가지 있다. 첫째는 막대한 예산을 써서 출산장려정책을 근본적으로 지원해 주는 방법이다. 둘째는 이미 들어와 있는 외국인들의 안정된 정착을 돕고, 나아가 적극적으로 이민 문호를 개방하는 것이다.

우리 사회도 점점 단일민족의 성격이 사라져 가고 실질적인 다민족 국가가 되어 가고 있다. 시장이 개방되어 한국인이 다국적 기업에서 일하기도 하고, 다른 국가에서 우리 문화를 벽 없이 받아들여 한류 문화가

따뜻한 젊은 정책의 약속

2011년 7월 18일 국회에서 '다문화 가족 역사문화 탐방 및 현장체험 학습' 후 찍은 사진. 이주민들을 교육시켜서 우리 문화를 이해할 수 있게 해야 문화충돌 현상을 조금이라도 막을 수 있을 것이다.

형성되기도 한다. 국가의 문을 좀 더 여는 것은 대한민국의 글로벌화를 향한 피할 수 없는 과정이다.

실제로 농촌의 다문화 가정 비율은 물론이고 전국적인 다문화 가정 비율도 상당히 높아졌다. 그렇다면 지금 우리나라에 들어와 살고 있는 이주민들부터라도 교육을 시켜서 우리의 문화를 이해할 수 있게 해야 문화충돌 현상을 조금이라도 막을 수 있지 않을까.

그러기 위해서는 최소한 초등학교 수준의 한글교육과 문화교육을 제공해야 한다. 기본적인 의사소통과 생활예절, 음식문화 정도라도 배우고 적응할 수 있는 기회가 주어져야 그 다음에 들어올 이민자들도 이 땅에 적응하기가 수월할 것이다. 브릿지 교육 프로그램은 이러한 취지를 염두에 둔 것이다.

급증하는 이민자들을 어떻게 관리할 것이냐는 다른 나라에서도 오랫동안 고민해 왔던 문제다. 우리나라 사람들에게 '한민족'·'단일민족'이라는 자의식이 강했던 것처럼, 피부색이 다르고 문화가 다른 외국인들이 어떤 사회에 급격히 유입되었을 때 혼란스러운 상황이 발생하는 것은 어느 사회나 크게 다르지 않기 때문이다.

프랑스도 이민자 문제로 갈등을 많이 겪은 나라다. 프랑스는 유럽에서 독일 다음으로 이민자가 많은 나라인데, 1970년대 이후 지속적으로 이민자 통합 정책을 펼쳐 2007년 현재 500만 명의 합법 이민자들을 대상으로 통합교육을 시행하고 있다. 실제로 프랑스에서는 각 지자체별로 결혼 이민자와 외국인 여성들을 위해 프랑스어 교육, 프랑스 문화 이해 등 다양한 강좌를 운영한다. 하지만 이민자들을 무조건 동화시키려는 과거의 정책이 부작용을 낳기도 해서 2005년에는 무슬림 이민 2세들에 의해 대규모 소요 사태가 일어나기도 했다.

독일은 이민자가 인구의 10%에 이를 정도로 많지만 전통적으로 자국민 우월 의식과 타민족에 대한 차별 의식, 외국인 혐오주의가 강해 이민자 정책을 둘러싸고 진통을 겪어 왔다. 독일은 오랫동안 합법적 이민을 허용하지 않다가 2005년 이민법 개정을 계기로 외국인 및 이주민에 대한 업무를 주관하는 기구를 설치하고, 이주자들이 독일 사회에 통합될 수 있도록 지원하는 과정을 마련했다. 이민자가 급증하는 현실에서 자국민 중심주의를 반성하고 이민자와 공존해야 할 사회적 필요성을 자각한 것이다. 이를 위해 이민자들을 대상으로 시행하는 통합교육 중 하나가 600여 시간에 걸친 독일어 교육이다. 하지만 완전히 정착된 것은 아니어서 독일의 이민자 정책은 지금도 많은 시행착오를 겪으며 개선점을 찾고 있다.

이민자 문제로 고민하고 있기는 일본도 마찬가지다. 우리나라처럼 일본도 공식적 이민을 허용하고 있지 않지만 1980년대 이후 이주 노동자가 늘고, 지금의 우리나라가 그렇듯이 농촌 지역 남성들이 이주 여성들과 결혼을 많이 했다. 또 과거 남미로 이주했던 일본인 후손들이 대거 입국하면서 외국인 수가 급증해, 2007년에는 법무성에 등록된 외국인 수가 215만 명을 넘었다. 그래서 정부 차원에서 다문화정책을 펼치지 않을 수 없게 되자 2005년부터 이민자들을 공생 관계로 설정하고 외국인 주민에 대한 행정 서비스, 타문화 이해 등을 목표로 한 '다문화 공생 추진 플랜'을 발표했다. 주로 지자체를 중심으로 사업들이 추진되고 있는데, 예를 들어 히로시마 현에서는 '히로시마 국제시책 플랜 2010'을 통해 다문화가 공생하는 지역 만들기 사업을 추진하고 있다. 이런 정책

권택기의 꿈, 약속, 실천

2010년 11월 26일, 직장공장새마을운동 광진구협의회 주관으로 진행된 다문화가정 합동결혼식을 마치고. 내 왼쪽에 서 계신 분이 세종한글학교를 설립한 정병용 이사장이다.

에서 제일 중요한 것이 커뮤니케이션으로, 지역 생활 정보를 다국어로 제공하고 일본어와 일본 사회에 대한 학습을 지원하고 있다.

이처럼 다른 나라에서도 이민자로 인한 사회 문제 및 갈등이 심각했고, 갈등 해소 방안을 찾기 위해 수많은 시행착오를 겪어 왔다. 다문화 가정이 급증하고 있는 우리나라도 다른 나라의 사례들을 타산지석으로 삼아 사회 갈등을 예방하기 위한 정책을 마련해야 한다.

젖먹이 아이를 안고 한글을 공부하던 그 베트남 여성 때문에 얘기가 길어졌다. 그나저나 마음의 상처는 아물었는지, 아이는 잘 크는지, 우리 말은 좀 늘었는지 궁금해지는 아침이다.

따뜻한 젊은 정책의 약속

지역아동센터에서 만난 아이들

 **중곡3동** 중마초등학교 앞 경희지역아동센터에 가면 언제나 '소녀시대'를 만날 수 있다. 무슨 소리냐고 반문할 사람들이 있겠지만 사실이다. 물론 텔레비전에 출연하는 그 유명한 소녀시대를 말하는 것은 아니다. 그 소녀시대와 다른 점이 있다면 아홉 명이 아닌 세 명이 멤버고, 소속사(?)인 지역아동센터의 이름을 따서 '경희 소녀시대'라고 부른다는 것이다. 이를테면 짝퉁 소녀시대쯤 되는 셈이지만 유명세로 치자면 우리 동네에서만큼은 진짜 소녀시대를 뺨칠 정도라서 이젠 센터의 명물이자 간판이 되었다.

이들은 춤과 노래를 좋아하는 꼬마 아가씨들로, 내가 센터를 찾을 때마다 소녀시대의 최신 노래와 춤으로 환영 인사를 하는데 실력도 실력이지만 어찌나 상큼하고 발랄한지 딸 가진 부모들이 부러울 지경이다. 그래서 어쩌다 그 아이들이 보이지 않으면 서운하고 아쉽기까지 하다.

따뜻한 젊은 정책의 약속

우리 지역에는 모두 11개의 지역아동센터가 있는데, '소녀시대' 3인
방을 만날 수 있는 경희지역아동센터는 원래 피아노학원이었다. 이 학
원을 운영하던 권 원장은 피아노 교습을 하면서 음악 치료를 병행했는
데, 지역에 학원비를 감당하기 어려운 아이들이 많은 것을 보고는 학원
을 아예 지역아동센터로 바꿔 버렸다. 그 후로 이 센터는 항상 대기자가
넘쳐나는 인기 지역아동센터가 되었다. 권 원장 자신도 오로지 아이들
을 돌보는 보람 하나로 지금까지 10년이 넘도록 사비를 털고 살던 집을
개조하면서까지 센터를 유지하고 있다.

　지역아동센터는 집안 형편이 어려워 비싼 사설학원에 다닐 수 없고
부모가 맞벌이를 하여 방과 후에도 돌봐줄 사람이 없는 가정의 자녀들
이 주로 이용하는 곳이다. 그러다 보니 센터에 다니는 것 자체를 부끄러
워하고 거부감을 가지는 학생이나 학부모도 있어서 이용하지 않으려는
경향이 있는 것도 사실이다. 그곳에서 다양한 친구를 사귀고 숙제도 할
수 있고, 필요하면 특별한 보살핌을 받을 수 있는데도 말이다. 그나마
경희지역아동센터는 본래 피아노학원에서 출발했기 때문에, 비록 집안
형편이 넉넉지 못한 아이들이라 하더라도 마치 동네 학원을 드나들 듯
이 비교적 편한 마음으로 센터를 이용하는 것 같다.

　형편이 어려운 가정의 자녀들일수록 악기를 따로 배우기가 현실적으
로 어렵다. 그러나 이곳에서는 피아노는 물론이고 플루트·바이올린 같
은 악기 연주와 미술 공부까지 아이들이 하고 싶은 것을 마음껏 할 수 있
다는 이점이 있다. 뿐만 아니라 권 원장이 학원을 운영할 때처럼 음악 치
료도 계속하고 상담도 병행하고 있어서 학생이나 학부모 모두 만족스러
워한다.

권택기의 꿈, 약속, 실천

음악교육은 배움의 기회가 제한되어 있는 아이들에게 재능을 발굴할 수 있는 기회가 되는 것은 물론, 아이들이 자신감을 갖고 새로운 출발을 할 수 있는 계기가 된다. 사진은 2011년 7월 15일 개최한 '광진 지역아동센터를 위한 나눔과 사랑의 밤' 행사 모습.

이 지역에는 다가구 주택에 거주하면서 부모가 맞벌이를 하거나 한 부모 가정에서 자라는 아이들이 많다. 집안 형편이 어려운 만큼 이런저런 사정으로 인해 마음을 다친 아이들도 적잖다. 그런 아이들에게 권 원장의 음악 치료는 심리적 안정을 가져다 주고 긍정적인 마음을 갖게 하는 데 꽤 효과가 있다.

그런가 하면 이 센터만의 독특한 음악 교육은 배움의 기회가 제한되어 있는 아이들에게 재능을 발굴할 수 있는 기회를 주기도 한다. 센터에서 악기를 배운 아이들은 인근 병원으로 연주 봉사활동을 다니기도 하는데, 그 실력이 보통이 아니고 호응도 아주 열광적이다.

지난해에는 권 원장이 중학교 때부터 피아노를 가르친 한 여학생이 성악 전공으로 음대에 진학하는 경사도 맞아 센터는 물론 동네의 자랑이 되었다. 더 반가운 소식은 도저히 음악은 못 시킨다는 부모님의 반대 때문에 피아노 배우기를 포기하고 퇴소했던 아이 둘이 이 소식을 듣고 센터를 다시 찾아왔다는 것이다. '나도 저 언니 못지않게 피아노를 잘 친다. 나도 얼마든지 대학에 갈 수 있다'는 자신감이 그 아이들을 새로운 출발점에 세워놓은 것이다.

권 원장은 "아이들에게 꿈을 심어 주고 방향만 살짝 제시해 줘도 얼마든지 크게 키울 수 있다" 며 동기부여의 중요성을 강조한다.

우리나라 지역아동센터의 가장 큰 문제라면 수요는 증가하는데 수용 능력은 현저히 떨어진다는 것이다. 입소를 희망하는 인원이 급격히 늘어나는데도 현실은 이를 따라가지 못하는 것이다.

최근 경제가 어려워지면서 맞벌이 부부가 늘고, 이혼 등으로 인해 한

권택기의 꿈, 약속, 실천

2011년 5월 12일 전국지역아동센터 축구대회에서 준우승을 차지한 광진지역아동센터 아이들과 아동복지계의 대모 한나라당 강명순 의원과 함께. 현장에서는 학교가 기초교육을, 지역아동센터가 예체능이나 현장실습을 담당하는 등 업무분담 필요성이 점점 대두되고 있다.

부모 가정도 늘어나고 있다. 가정에서 돌봐주지 못하는 아이들이 점점 많아진다는 뜻이다. 따라서 지역아동센터가 제2의 학교 역할을 해야 하는데, 아이들을 받아들일 수 있는 공간과 능력이 절대적으로 부족한 게 현실이다.

또 지역아동센터에 오는 아이들 중에는 결식아동도 많다. 결식아동이라면 점심을 굶는 것만 생각하기 쉬운데, 맞벌이나 한 부모 가정의 아이들 중에는 부모가 일찍 퇴근하지 못하는 바람에 밥 해줄 사람이 없어 저녁을 굶는 아이들의 수도 상당하다. 그런 아이들을 위해 센터가 저녁 식사까지 해결해 주는 역할도 맡고 있는데, 그 아이들이 센터에 가지 못한다면 결국 길거리에서 헤매게 될 것은 불을 보듯 뻔하다.

따뜻한 젊은 정책의 약속

얼마 전 우리 아이 친구가 외출을 했다가 점퍼를 빼앗겼단다. 끼리끼리 몰려다니는 또래 아이들한테 당한 일이라는데, 경찰에 신고했는데도 소용이 없더라며 하소연하는 것을 들었다. 너무 흔히 일어나는 일이라서 경찰도 어쩔 수 없더란다. 속 터지는 얘기지만 현실이다.

도시재개발사업으로 서민들은 점점 더 외곽으로 밀려나고 있다. 중곡동이 대표적인 지역 중 하나다. 외곽일수록, 그것도 불안정한 주거환경에서 불안정한 삶을 꾸려가는 가정이 많을수록 치안 상태도 좋지 않아 각종 경범죄가 자주 일어난다. 그러한 범죄들은 대개 동네 아이들에 의해 일어난다. 부모의 보살핌도, 지역의 돌봄도 받지 못하고 자라면서 엇나간 아이들이 일을 저지르는 것이다. 한번 저지른 실수를 방치하면 계속 되풀이되고 커진다.

이 아이들을 어찌할 것인가.

나라가 나서야 한다. 가정이 돌볼 형편이 안 된다면 지역사회가 나서야 하고 나라가 앞장서야 한다. 이 아이들을 위해 나라는 예산을 더 투자하고, 지역아동센터는 더 많은 아이들을 받아들여서 어떻게 돕고 기를 것인지 고민하고 노력해야 한다.

나아가 아이들에게 무엇을 어떻게 가르치고 제공할 것인지 표준화 작업을 하여 전국의 지역아동센터에 체계적으로 공급하는 일도 반드시 필요하다. 학교에서 시행하고 있는 방과 후 학습 프로그램과 지역아동센터의 업무를 분담해서 연계하는 것 또한 빼놓을 수 없다. 실제로 학교에서는 기초교육을 맡고 센터에서는 예체능이나 현장실습을 맡는 등 업무 분담의 필요성을 여러 지역아동센터에서 호소하고 있다.

현재 정부는 아이들에게 ADHD(주의력결핍 과잉행동장애) 테스트를

권택기의 꿈, 약속, 실천

지역사무실 한편을 가득 차지하고 있는, 지역아동센터 아이들로부터 받은 편지들. 고사리 손으로 쓴 편지를 읽을 때가 일과 중 가장 행복한 시간이다.

실시해 치유 기회를 만들어 주는 프로그램을 추진하고 있다. 다행스런 일이다. 아이들이란 일찍 치료를 할수록 얼마든지 새롭게 건강한 아이로 자라기 때문이다.

작년에는 센터 아이들이 국회로 견학을 와서 즐거운 한때를 보냈다. 국회 앞의 푸른 잔디밭을 더욱 푸르게 메우는 아이들의 왁자지껄한 웃음소리와 재잘거림에 얼마나 흐뭇했는지 모른다. 저렇게 밝고 맑게 자라야 할 아이들이 부모 없는 외로운 방구석을 지킨다거나 뒷골목을 누비는 일을 상상하는 것은 참으로 우울한 일이다. 그럼에도 이런 나들이를 난생처음 해봤다는 아이들도 꽤 여럿이어서 몹시 가슴이 아팠다.

따뜻한 젊은 정책의 약속

지금은 원석에 불과한 이 아이들이 훌륭한 보석이 되기 위해서는 무엇보다 우리 사회의 무한한 관심과 사랑이 필요하다.

한번은 놀이공원에 함께 다녀왔는데, 명색이 배우자고 하는 나들이 인데 놀이공원만 일정에 넣기는 좀 부족하다 싶어서 어린이를 위한 직업체험 테마파크를 끼워 넣었다. 그런데 나들이 후에 보내온 편지를 보니 놀이공원에 대한 얘기는 딱 한 줄뿐이라면 끼워 넣은 체험관에서의 얘기는 몇 배나 더 길어서 깜짝 놀란 적이 있다. 아이들에게 더 신기하고 궁금하고 재미있는 것은 따로 있었던 것이다.

아이들은 갈고 닦으면 얼마든지 훌륭한 보석으로 탄생할 수 있는 원석이다. 보석이 되느냐 돌로 남느냐는 그것을 세공하는 사회에 달렸다. 그런 만큼 아이들에 대해 무한한 관심을 가져야 한다. 형편이 어려운 아이들일수록 더욱 그렇다. 우리 사회가 지금 이 아이들을 끌어안지 않는다면 훗날 더 큰 대가를 치를 수밖에 없다.

권택기의 꿈, 약속, 실천

재테크, 그것도 알아야 하지

"나는 뉴스에서 경제 얘기만 나오면 도대체 무슨 소린
지 통 못 알아듣겠어."

"적금 드는데 금값 얘기는 왜 나오는 거야?"

"옛날에 적금을 들 때는 이자가 몇 프로다, 몇 년 만기다 하는 것만 알
면 됐는데 요즘은 뭐가 그리 복잡한지 그냥 포기했어."

"요새는 잘못하면 원금도 못 받는 적금이 있다던데 그게 무슨 은행이
야."

"뭘 알아야 재테크를 하지."

은행권이나 금융에 관한 문제로 얘기를 하다 보면 이런 하소연을 꼭
듣곤 한다. 용어 자체가 너무 어렵고, 용어가 어렵다 보니 정보를 제대로
알기가 어렵다는 이야기다. 그래서 아예 관심 없이 산다는 사람도 많다.

따뜻한 젊은 정책의 약속

마치 병원에서 의사들끼리 쓰는 의학 용어가 그들끼리의 암호인 양 일반인들에게는 이해가 안 되고, 판사들이 쓰는 판결문이 보통 사람들에게는 너무 어려운 것과도 같다.

솔직히 정무위원회 소속인 나도 금융위원회의 첫 업무보고에서 금융 용어, 그 중에서도 약어로 된 금융 용어들이 나오면 특별히 금융 용어만 정리해 놓은 사전을 찾아봐야 한다. 심지어 사전에조차 없는 신조어들 때문에 겪은 어려움까지 보태면 그 난감함은 이루 말할 수 없다.

어려운 용어와 복잡한 정보들을 모든 국민이 충분히 알아야 무엇을 판단해도 할 텐데, 금융과 관련된 용어들은 그 자체가 너무 어려워서 이젠 금융 정보로부터도 서민들이 소외를 당하는 판이다.

정보란 곧 권력이다. 개인보다는 단체가, 단체보다는 나라가 권력이 센 것은 그만큼 많은 정보를 갖고 있기 때문이다. 많기만 해서 되는 것도 아니다. 빨라야 한다. 빨라야 준비를 하든 대책을 세우든 할 수 있다.

인터넷이 발달하면서 권력이 예전 같지 않다. 정보를 독점하기도 어렵게 되었거니와 정보의 전달 속도도 그만큼 빨라졌기 때문이다. 심지어 요즘처럼 트위터나 페이스북을 통해 주변에서 일어나고 있는 정보를 누구나 가감없이 불특정다수에게 전달할 수 있는 세상에서는 더욱 그렇다. 그래서 정치인보다 정치권 소식을 더 빨리 알고, 경찰보다 사건 사고를 더 빨리 아는 일반인들이 늘었다.

재테크 역시 그렇다. 개발 정보가 빠르고, 특정 회사의 동향에 관한 정보가 빠르고, 새로운 금융상품에 관한 정보가 빠르면 부동산으로, 주식으로, 펀드로 돈을 불릴 수 있다. 하지만 늦거나 모른다면 언감생심이

권택기의 꿈, 약속, 실천

다. 그런 의미에서 정보란 곧 돈이라고 할 수도 있다.

이처럼 금융 정보를 아느냐 모르느냐의 차이가 개인의 실제 경제생활에 미치는 영향이 막대해진 시대가 됐다. 보험이나 은행 등에서 쏟아져 나오는 금융 정보들은 갈수록 복잡해지는데, 이것을 알지 못하는 일반인들로서는 자신의 재산 가치를 높이는 일이 점점 어려워지고 있는 것이다.

적금 하나를 드는 일만 해도 그렇다. 이자율만 알아서는 안 되는 복잡한 상품들이 어디 하나 둘인가. 처음 가입할 때 "내년에 장세가 좋아질 테니까 이 상품으로 하시죠"라든가, "시장 경기가 좋아질 거니까 괜찮을 겁니다"라는 이야기만 믿고 나름대로 수익률을 기대하며 가입했는데, 집에 와서 약관을 보니 깨알 같은 글씨로 '상품 안정성에 대해 보장할 수 없다'는 내용이 적혀 있는 걸 확인한 경험이 있는 사람이 대부분일 것이다. 상품의 위험성에 대한 정보를 충분히 인지하지 못한 채 가입한 것이다.

펀드에 가입할 때도 마찬가지다. 금융기관 직원과 불과 30분 남짓 상담을 한 후에 결정한다. 그 중 상당수는 펀드 투자 구성 방법을 온전히 이해하지도 못한 채 가입했을 것이다. 심지어 금융상품을 판매하는 직원들 중에서도 실적을 올려야 한다는 부담감 때문에 상품의 구성이나 구조를 완벽하게 이해하지 못한 채 겉핥기식 설명만 하고 판매를 하는 경우도 있다.

미국발 금융위기로 인해 국내 금융시장의 앞날을 예측할 수 없게 되었을 때, 금융 소송 및 민원 건수가 급증한 데에는 이런 문제들이 있었기 때문이다. 상품이 복잡해지고 정보 수준이 고도화되면서 소비자가 알아야 할 정보가 충분치 못한 까닭에 발생한 민원들이었다.

과거에는 생산과 물류가 산업의 중심축이었지만 지금은 그 축이 금융산업으로 옮겨오는 추세다. 문자 정보가 중요했던 과거에는 글을 읽지 못하는 문맹, 컴퓨터가 보급되면서는 컴맹이라는 말이 생겼다면, 바야흐로 금융의 시대가 열린 요즘은 그것을 얼마나 아느냐 모르느냐에 따라 금융맹이라는 말까지 생겼다.

우리 국민이라면 하나같이 한글을 읽을 줄 알고, 10대든 70대든 컴퓨터를 통해 정보도 나누고 여가를 즐기는 것처럼, 이제는 전문가만이 아니라 일반인들도 금융에 관한 정보를 이해하고 공유해야 하는 시대가 되어야 하지 않을까. 이것이야말로 금융 선진화를 위한 필수조건이다.

내가 2008년도 국정감사에서 금융상품의 안전 등급을 위험도에 따라 나누고, 소비자들이 자신이 가입한 상품의 위험도를 충분히 알 수 있도록 해야 한다고 지적했던 건 바로 이런 이유 때문이었다. 수익률은 낮지만 안전한 등급부터 수익률은 높지만 안전성은 보장할 수 없는 등급까지, 각 등급에 따른 금융상품의 리스크를 알고 소비자가 선택하도록 하자는 취지에서였다.

그래서 그 후 공정거래법에 의해 금융상품의 위험도를 명시하도록 개선되었다. 하지만 아직도 모든 일반인들이 금융상품에 대해 충분히 인지하고 있는 것은 아니다.

상품을 파는 사람들, 즉 증권회사나 은행 직원들은 금융 정보를 많이 가지고 있다. 반면 상품을 사는 사람들, 즉 일반 소비자들은 정보력이 부족하거나 없기 때문에 대부분 상품을 파는 사람들이 주는 정보에만 의존하게 되므로 어려움을 겪는 경우가 많다. 그래서 생각한 것이 금융

2009년 9월 14일 금융소비자 보호 전문기관 설립을 위한 간담회. 금융감독원의 역할 중에서 소비자를 보호하는 기능을 별도로 분리하여 금융소비자보호원을 새롭게 만들자는 것이 나의 주장이다.

소비자보호원의 설립이다. 금융 정보의 차이로 인해 서민들이 손해 보는 것을 막을 기관이 필요하다고 생각한 것이다.

물론 지금도 금융과 관련하여 소비자를 보호하는 기관이 없는 것은 아니다. 금융감독원이다. 금융감독원은 금융산업 전반에 대해 감독하는 기구다. 금융기관이 얼마나 건실하게 운영되고 있는지를 감독하기도 하지만, 금융회사들의 횡포로부터 금융 소비자들을 보호해야 하는 의무도 있다. 그러나 이 둘을 다 공정하게 감독하고 관리하기에는 한계가 있다.

우선 금융감독원은 금융회사로부터 감독분담금을 받아서 운영된다. 또 소비자들을 보호해야 하는 상담 직원들은 대체로 금융기관에서 파견을 나온 경우가 많다. 따라서 금융감독원은 금융회사로부터 자유롭지

따뜻한 젊은 정책의 약속

알기 쉬운 금융교육을 받을 수 있는 한국거래소의 견학 프로그램을 마치고 지역 아이들과 함께. 이제 우리나라도 금융교육 과정을 개선하여 금융문맹 퇴치에 노력해야 한다.

못하고, 금융기관에서 파견 나온 상담 직원들도 소비자의 편이 아닌 회사 입장에서 상담에 임하는 경우가 많다. 이런 이유에서 금융감독원의 역할 중에서 소비자를 보호하는 기능을 별도로 분리하여 금융소비자보호원을 새롭게 만들자는 게 내 생각이고 주장이다.

미국은 금융문맹 퇴치를 위해 정부 차원에서 금융 교육과정 개선에 나서고 있고, 영국도 공교육을 통해 모든 국민에게 금융 교육 및 신용 교육을 하고 있다. 이처럼 선진국들은 금융 교육의 중요성을 깊이 인식하고 있다.

그러나 우리나라는 현재 대다수 국민이 실질적으로 금융문맹임에도 불구하고 국가 차원에서 금융 교육을 하거나 필요한 정보를 제대로 제

권택기의 꿈,약속,실천

공해 주지 못하고 있는 실정이다.

현대사회의 가장 큰 차별과 장애는 정보 격차다. 불공정한 정보의 차
이 때문에 개인이 손해를 입는 일은 있을 수도 없고 있어서도 안 된다.
대통령도 나서서 공정한 사회를 강조하는 나라다. 진정으로 공정한 사
회는 기회도 정보도 공정해야 한다. 금융이라고 예외일 수 없다.

서민을 빛으로부터 구하는 방법

따뜻한 젊은 정책의 약속

경상북도에 거주하는 K씨는 전단지를 통해 알게 된 무등록 대부업자 L씨로부터 생활자금 명목으로 100만 원을 대출받고, 수수료 7만 원을 공제한 93만 원을 실수령했다. 그 후 매일 2만 원씩 총 65회에 걸쳐 상환을 독촉받았다. 이는 연이자율 약 395%에 해당하는 것으로 법정 이자율 한도인 39%의 10배에 해당하는 고리 사채다.

서울에 거주하는 A씨는 2008년 7월 기존 대출금 상환을 위해 주변인 소개로 알게 된 무등록 대부업자 B씨로부터 1200만 원을 대출받고 선이자 명목 등으로 50만 원을 공제한 후 1150만 원을 실수령했으며, 3개월 내에 이자로 240만 원을 내기로 했다(실수령액 기준 연이자율 약 83%). A씨는 2008년 3월까지 총 590만 원을 상환했으나, B씨의 과다한 상환 요구가 계속되자 연락을 피했다. 그러자 B씨는 A씨 가족을 찾아가 대신

변제를 요구하며 대문을 발로 차서 우그러뜨리는가 하면 대문에 소변을 보고 가는 등 소란을 피우고, 하루에도 수백 통씩 전화를 하여 영업을 방해하는 등 가족에게 공포 분위기를 조성하다가 불법 채권 추심 혐의로 수사 의뢰되었다.

언제부턴가 이런 사례들이 우리 사회의 낯설지 않은 풍경이 되었다. 심지어 드라마나 영화에서도 서민의 고통을 표현할 때 에피소드로 쓰일 정도다. 특히 경제가 어렵고 실업률이 높아지는 요즘, 이렇듯 서민들을 울리는 불법 대부업체들의 고금리와 불법 추심 행위가 우리 사회의 심각한 문제 중 하나로 떠오르고 있다. 대부업체를 이용하고 있는 서민의 수는 점점 늘고, 대출 수요도 크게 증가하는 추세여서 이 같은 문제는 앞으로 더 심각해질 것으로 보인다.

옛말에 '빚진 죄인' 혹은 '빚진 종'이라는 말이 있다. 남에게 빚을 진 사람들은 죄인이나 종처럼 채권자에게 굽실거리게 된다는 뜻이다. 그런데 요즘에는 단순히 굽실거리는 차원이 아니라 이루 말로 다 표현할 수 없는 불법적인 폭력 행위에 시달리기 일쑤라는 데 문제의 심각성이 있다.

서민들이 고금리를 감수하고 불법업체인 줄 뻔히 알면서도 대출을 받을 수밖에 없는 이유는 그야말로 '어쩔 수 없어서'다. 자영업자들이 급한 사업자금을 조달하기 위해 이용하는 경우도 있지만, 서민들은 당장 절박한 생활비를 마련하기 위해 이들 업체를 찾는다. 금융위원회가 작성한 보고서에 따르면 소액 대출의 주요 목적은 생활비 충당이 28.2%였고, 그다음이 사업자금 조달로 26.5%였다. 지금 당장 먹고사는 문제를 해결하기 위해 고금리인 줄 알면서도 이들 대부업체로부터 돈을 빌

권택기의 꿈, 약속, 실천

2010년 9월 30일 개최한 '마이크로파이낸스 활성화를 위한 미소금융 혁신 방향' 간담회. 막다른 골목에 내몰린 금융소외자 문제는 사회불안과 소비감소, 금융시장 불안정으로 이어진다는 점에서 그 심각성이 크다.

리는 것이다. 직장인이 갑자기 실직을 하거나 영세 자영업자들이 사업 실패를 했을 때도 대부업체 문을 두드린다. 당장 돈을 빌릴 데가 없으니 어쩔 수 없는 일이다.

이들은 은행 대출은 꿈도 못 꾼다. 자격이 안 되기 때문이다. 은행에서 돈을 빌리려면 신용등급이 적어도 1~6등급은 돼야 한다. 금융위원회와 한국신용정보의 자료에 따르면, 신용등급 7등급 이하인 저신용층이 2009년 2/4분기 기준으로 전체 경제활동인구 3,700만 명 중에서 21.73%(8,133,095명)에 달했다. 즉, 경제활동을 하고 있는 성인 5명 중 1명은 제도권 금융기관을 사실상 이용하지 못하는 금융 소외자의 처지에 놓여 있다는 말이다.

따뜻한 젊은 정책의 약속

2011년 5월 26일 미소금융재단 광진지부가 문을 열었다. 미소금융은 금융 소외 계층인 서민들의 생활 안정과 자활을 돕기 위해 창업자금과 운영자금을 지원하는 데 그 목적이 있다.

　7등급 이하의 저신용층은 은행의 '저신용층 특별상품' 등을 제외하고는 저축은행이나 대부업체의 문을 두드릴 수밖에 없다. 저축은행의 소액신용대출 상품들이라고 해도 40% 이상의 고금리인 경우가 많다. 예를 들어 1천만 원을 연 40% 금리로 1년에 걸쳐 상환할 경우, 매달 부담해야 하는 원금과 이자 비용이 116만 6천 원이다. 가히 사채 못지않은 수준이다.

　막다른 골목에 내몰린 금융 소외자들은 대부업체나 불법 사금융으로 몰릴 수밖에 없고, 덩달아 불법업체들의 불법적인 행위들은 그만큼 급증하는 것이다. 서민들이 평균 이자율 연 72.2%의 고리에 허덕이고 있는데도 금융감독원을 비롯해 지방자치단체, 경찰 등 감독기관들의 대부업체 관리는 제대로 이루어지지 못했다. 무엇보다도 인권을 유린하는 불법 추심 행위를 강력하게 제재하기 위한 제도 자체가 부족했다.

　따라서 무엇보다도 먼저 대부업체를 효율적이고도 전문적으로 감독할 수 있는 체계가 잡혀야 한다. 그러기 위해서는 관련 제도가 전반적으로 보완되어야 한다. 또한 무분별한 대부업체의 난립을 방지하기 위해서 허가를 받도록 해야 한다.

　금융 소외 문제의 심각성은 이것이 비단 당사자 개인의 문제로 끝나는 게 아니라는 데 있다. 금융 소외는 고리사채, 불법추심, 가정파탄 등의 문제를 야기하고 이것은 다시 사회 불안과 소비 감소, 금융시장의 불안정으로 이어져 심각한 사회문제를 일으킨다.

　이러한 문제를 해소하기 위해서는 각종 불법행위에 대한 제재도 이루어져야 하겠지만, 금융 소외계층인 서민들이 막다른 골목으로 내몰

따뜻한 젊은 정책의 약속

리지 않도록 정부가 이들에게 생활안정자금을 지원해 줄 수 있는 장치를 만드는 것이 무엇보다 시급하다.

이명박 정부가 들고 나온 미소금융 제도는 바로 이런 문제를 해결하기 위한 방책의 하나다. 그러나 미소금융은 제도로서 정착하는 데는 다소 시간이 걸릴 것으로 보인다. 이 제도를 만든 사람들의 면면이 경제학자요 금융전문가들이다 보니 자금 운용이 안정적이어야 한다는 금융적 차원에서 접근한 탓이다. 안정적 자금 운용을 하려면 사고율이 낮아야 하는데, 사고율을 낮추려다 보니 신청 자격 요건을 너무 높이 잡았기 때문이다. 은행만큼은 아니어도 그에 못지않게 까다로운 절차를 거쳐야 한다면 어떤 서민이 마음놓고 이용할 수 있을까.

그래서 내가 제안한 것이 (가칭) 뉴스타트 생활안정자금 제도다. 미소금융과 마찬가지로 서민들의 긴급한 생활안정자금 지원 방안이 필요하다는 것에서 출발한 생각이다. 갑작스러운 실직 등으로 경제적 어려움에 처한 저소득 저신용층 서민 가정에 대해 상호금융기관이 15% 안팎의 대출을 해주고 공적기관이 그 대출 채권을 매입하여 유동시키는 방식으로 운영하자는 것이다. 이는 주택금융공사가 서민들의 주거안정을 위해 수행하고 있는 보금자리론 사업과도 유사한 방식이어서 꽤 현실성이 있다고 생각한다.

갑작스럽게 경제위기에 처한 사람들이 하루아침에 빈곤층으로 전락하는 일이 되풀이되면 사회 양극화는 심화될 수밖에 없다. 그럴수록 우리나라 경제의 성장잠재력과 거시경제의 안정성은 훼손되게 마련이다. 서민의 어려움을 방치한 채로 우리의 장밋빛 미래를 말하는 것은 공염불이거나 거짓된 선동이다.

d Citizenship! Good Law! Goo
제1 의 270개 시민·사회
수국회 우수상임
정감사 모니터단 소비자연맹 총본부 후원 :

優秀議員賞

국정감사NGO모니터단

성실한 젊은 일꾼의 실천

270개 NGO 단체가 선정하는 '국감 우수의원' 2년 연속 수상, 문화일보 '오늘의 금배지' 2년 연속 선정,
내일신문 '국감 인물-주목 이사람' 2년 연속 선정, 서울신문 '국감 인물-주목받은 초선'에 선정된 데서도
엿볼 수 있듯이 "정무위 대표 정책통"으로 평가받는 그는 서민경제의 숨통을 틔우는
금융지킴이 역할을 톡톡히 하고 있다. 현장의 목소리를 토대로 문제점을 파악하고
해법을 찾아내는 그에게서 우리는 성실한 젊은 일꾼의 모습을 발견한다.

지금 대한민국은 갈등공화국

 우리 사회가 민주화되면서 사회 갈등 또한 적잖이 표출되고 있어 일부에서는 '갈등공화국'이라는 말까지 나온다. 2009년 6월 24일 한 기업 경제연구소에서 발표한 「한국의 사회갈등과 경제적 비용」이라는 보고서를 보면 OECD 27개국 중 우리나라의 갈등 수준은 0.71로 터키, 폴란드, 슬로바키아에 이어 4위를 차지했다. OECD 평균은 0.44로 미국·헝가리가 그 정도 수준이고, 일본은 그보다 좀 낮은 0.42다. 갈등관리가 안 되는 가장 큰 요인은 정책의 일관성, 정부의 조정 능력, 정부의 규제 수준 등 정부의 업무집행 효과성이 떨어지기 때문이라고 한다. 우리나라는 정부의 업무집행 효과성이 세계 23위다.

분석해 보건대 우리나라는 지난 2003년부터 갈등이 계속해서 심화되고 있음을 알 수 있다. 2002년부터 2006년까지 우리나라 국민 1인당 GDP가 약 1만 8,602달러라고 했을 때, 갈등 수준을 OECD 평균 수준으

성실한 젊은 일꾼의 실천

로만 낮추어도 5,000달러 정도 상승할 수 있다. 즉 갈등관리만 잘 해도 국민 1인당 GDP가 2만 3,000달러 수준으로 올라간다는 말이다.

이명박 정부가 출범할 때만 해도 총리실의 가장 중요한 업무 중 하나가 사회적 갈등 및 사회위험 관리 기능 강화였다. 그래서 갈등관리실을 중요 기구에 넣기까지 했다. 정부의 100대 과제 중에도 '사회갈등 해소 및 소통에 힘쓰겠다'는 내용이 열네 번째 과제로 올랐고, 세부 항목에 갈등관리기본법 제정과 갈등관리 종합DB 구축 사업을 넣었다.

그러나 몇 번의 총리실 조직 개편이 이루어지면서 갈등관리를 담당하는 부서가 모호해지더니 마침내 갈등관리정책마저 흐지부지되었다. DB 구축 사업 역시 2008년 하반기에 완성하겠다더니 감감무소식이다. 2009년 하반기까지 마련하겠다던 법제 정비 방안도 마찬가지다.

국회 예산정책처에서 발간한 2008 회계연도 결산보고서를 보면 이런 결과가 국정운영에 어떤 영향을 미치는지 잘 나타나 있다. 최근 4년 예산 현액 대비 집행 실적이 연례적으로 부진한 사업이 모두 157개다. 그 중 24개 사업이 부처 간 갈등조정이 이루어지지 않아 지연된 것이다. 이렇듯 갈등관리를 안 하면 국가 성장에도 문제가 있지만 예산 집행 자체가 안 된다. 이는 중앙부처와 지방단체 사이의 갈등을 해결해야 할 행정협의조정위원회가 손을 놓고 있다는 말이다. 갈등관리 조직의 틀이 무너진 것이다.

우리 사회에서는 연일 갈등관리를 해야 할 이슈들이 속출하고 있다. 도룡뇽 문제 때문에 터널 공사가 1~2년 지연되어 2조 원의 예산이 날아간 천성산을 비롯해 새만금, 서울외곽순환도로, 방폐장, 용산사태, 미디어법, 세종시 문제 등이 대표적이다. 그럼에도 불구하고 출범시 그렇

권택기의 꿈, 약속, 실천

게 갈등관리를 하겠다고 강조하던 정부는 아직 갈등관리 매뉴얼조차 마련하지 못했다. 앞으로도 우리 사회의 갈등은 지속적으로 늘어날 것이고 늘어날 수밖에 없다. 따라서 갈등관리 전문가와 매뉴얼을 만들지 않으면 그때마다 정부는 당황할 수밖에 없을 것임은 불을 보듯 뻔하다.

내가 사회 갈등 관리에 관심을 가지게 된 가장 큰 계기는 우리 지역에 있는 국립서울병원 때문이었다. 1962년도에 지어졌으니 50년 가까워 오는데도 재건축을 하지 못했다. 또 이전도 못했다. 지역주민들과의 갈등이 주 원인인데, 이 갈등이 20여 년을 이어져 왔다. 갈등을 해결하지 못한 상태에서 정부는 매년 예산을 잡고, 지역주민들은 반대를 하고, 그래서 집행을 못하는 악순환이 되풀이되어 온 것이다.

그래서 전문가와 보건복지부, 지역주민들로 갈등조정위원회를 구성하고 들여다보니 정부는 예산만 잡아서 통과시키고는 무조건 밀어붙이면 된다는 식이고, 전문가들 역시 어떤 매뉴얼 아래 움직이는 것이 아니라서 이 문제가 풀리지 않았던 것이다.

물론 위원회만이 능사가 아니다. 정부의 각종 위원회 중에는 이름만 내걸었을 뿐 실질적으로 일을 안 하는 위원회가 95%나 된다. 따라서 위원회 구성보다 중요한 것은, 사회 갈등이 생길 때마다 그 문제를 실질적으로 해결할 수 있도록 위원회 차원의 구성을 하고 정부는 실행 매뉴얼을 만들어 적용해 가는 것이다.

그러나 그 어떤 조직이나 기구, 매뉴얼보다 전제되어야 할 것은 성숙한 시민의식이다. 법과 질서를 지켜 가며 대화와 타협을 통해 합리적인 조정안을 이끌어내는 분위기를 만들어 가야 한다. 이것이야말로 우리가

성실한 젊은 일꾼의 실천

선진국으로 가는 기본 전제조건이다. 다시 강조하거니와 우리 사회의 갈등 수준이 OECD 평균 정도만 되어도 당장 국민 1인당 GDP가 5,000달러 이상 늘어날 수 있다. 갈등관리가 곧 경제라는 뜻이다.

2009년 국정감사 때부터 나는 틈만 나면 국가의 갈등을 관리하기 위한 종합적인 개선책이 필요하다는 사실을 강조해 왔다. 이 문제를 제기하게 된 계기는 앞에서도 언급했듯이 우리 지역의 국립서울병원 때문이다. 국립서울병원은 1992년부터 재건축으로 방향을 잡고 일을 추진했지만 관련 당사자들의 난마와도 같은 이해관계에 부딪혀 오래도록 해결을 보지 못했다. 여기에 지역 정치인들의 정치력까지 가세해 문제가 해결될 기미조차 없이 연장되고, 그 사이 환자들은 50년 가까이 된 낡은 건물에서 그 피해를 고스란히 몸으로 겪어 왔던 것이다.

그 후 대통령령에 의해 갈등조정위원회를 구성하게 되었는데, 실제로 운영해 본 결과 몇 가지 문제점이 드러났다. 그 첫 번째가 갈등조정과 관련된 기본법이 없기 때문에 구속력이 없다는 점이다. 두 번째는 이 갈등을 컨트롤할 수 있는 중앙부처의 컨트롤 타워가 없다는 사실이다. 대통령령에 따르면 실질적으로 이 일을 맡아야 할 부서가 총리실인데, 법적 구속력이 없다 보니 제대로 나서지 않았던 것이다. 세 번째는 공무원들의 태도다. 공무원들은 지역주민과의 갈등을 관리하기보다는 무조건 예산을 통과시켜서 추진하면 된다는 발상 때문에 지역주민과 솔직한 대화를 하지 못했다. 네 번째는 지역주민들이 이 문제를 누구와 풀어야 하는지 대화 창구가 없다는 것이다.

그래서 역대 갈등관리 해결 방법들을 찾아보니 크게 네 가지 스타일

권택기의 꿈,약속,실천

2010년 5월 6일 한국행정학회 주최로 열린 '실효적 갈등 예방 및 해결 방안의 제도화를 위하여' 토론회 참석 모습. 국립서울병원 문제를 해결한 경험을 바탕으로 갈등관리기본법을 마련하게 되었다.

로 구분할 수 있었다. 방폐장 문제는 19년 만에 결국 주민투표로 해결됐고, 천성산 문제는 5년 이상 끌다가 대법원 판결로 해결됐다. 사패산 문제는 3년 만에 지역주민들과의 협상으로 타결됐다. 가장 모범적인 사례는 서울시 대중교통개선사업으로, 조정을 통해 분쟁을 해결했다.

따라서 이 네 가지 스타일을 참고하고, 또 과거의 사례들을 수집해서 중앙정부는 갈등관리 기본 프로그램을 만들어야 한다고 생각했다. 앞으로 사회가 민주화되면 될수록 갈등이 더 많이 불거지리라는 것을 예견하기란 그리 어렵지 않다. 그때 갈등을 제대로 해결하지 못하거나 흡수하지 못한다면 우리 사회가 성장하기 어려울 게 뻔하다.

지난 2010년 7월 1일 발의한 '공공정책 갈등 예방 및 해결을 위한 기본법'은 이처럼 국립서울병원 문제 해결 과정에서 직접 경험한 내용을

성실한 젊은 일꾼의 실천

토대로 만들어진 법안이다. 취해야 할 부분과 보완해야 할 부분을 각계 전문가들과 장기간에 걸쳐 검토한 후 기본법으로서의 성격에 맞게 보완한 것이다.

주요 내용은 '공공정책갈등조정협의회' 구성을 통해 이해당사자의 적극적인 참여를 통한 갈등 예방 및 해결에 초점을 두고, 협의회 구성 및 지원에 대한 법적 근거를 명확히 하고자 하였다. 또한 필요한 경우에는 '공공정책 갈등영향분석'을 실시하여 정책결정 전에 이해관계인의 입장을 충분히 반영함으로써 갈등을 미연에 방지할 수 있도록 하였다. 단, 갈등은 그 특성상 종류와 유형, 그리고 정치적·경제적 상황에 따라 대처 방법이나 해결 방법이 매우 다양할 수밖에 없기 때문에 너무 자세하게 절차를 획일적으로 규정하는 것은 유연한 문제 해결의 걸림돌이 될 수 있음을 고려하여 최대한 유연하게 구성하는 것에 가장 큰 중점을 두었다.

이 기본법을 통해 더 이상 공공정책 갈등으로 인한 불필요한 아픔과 비용이 발생하지 않기를 기대해 본다.

권택기의 꿈, 약속, 실천

가난하면 왜 이자를 더 많이 내야 하나

은행 신용대출의 경우, 평균 조달금리는 4%, 운용금리는 8.5% 정도여서 금리 차이인 4.5% 정도만큼 이윤을 남기는 게 일반적이다. 반면 신용카드의 경우는 다음 그래프에서 볼 수 있듯이 맨 아랫줄이 카드사의 현금서비스 조달금리이고, 맨 윗줄이 운용금리이며, 중간이 금리 차이인데 대체로 20% 내외다. 카드사들이 현금서비스로 20% 내외의 이익을 얻는다는 뜻이다. 과도한 폭리가 아닐 수 없다.

지난 2002년부터 지금까지 조달금리와 운용금리의 차이는 꾸준히 20% 내외를 유지하고 있다. 그러나 고려해야 할 변수가 하나 있다. 연체율이 2002~2005년에는 10%가 넘었지만 2007년 이후로는 3%대로 낮아졌다는 것이다. 이처럼 조달금리는 5~6%로 안정적이고 연체율은 3%대까지 뚝 떨어졌는데도 운용금리는 여전하다. 연체율을 고려해 금

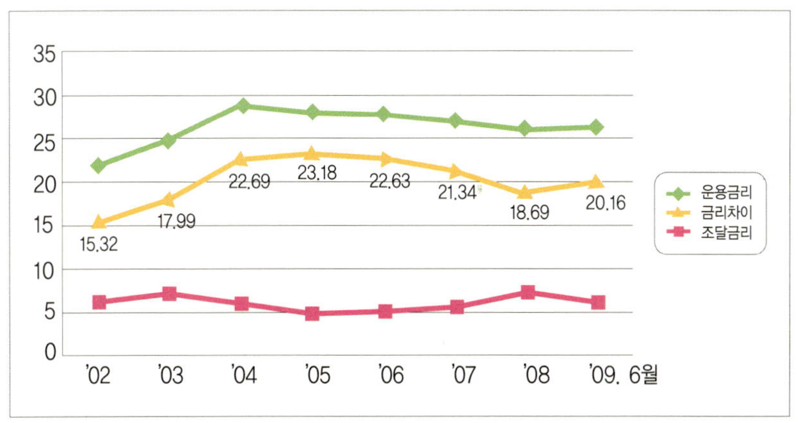

리를 조정해야 하는 게 원칙임에도 카드사들은 앉아서 이익을 꼬박꼬박 챙겨 왔다는 말이다.

그 중에서도 특히 눈여겨볼 만한 대목이 현금서비스 취급수수료다. 수수료는 지난 2005년에 도입되었는데, 2003~2004년 카드대란 이후 카드사들의 부실이 워낙 심해 이를 보전해 주기 위해 편법으로 넣은 것이다. 그런데 이 수수료가 2005년부터 4.2%, 4.2%, 4.6%로 점차 올랐다. 과거 연체율이 높을 때는 그나마 이해할 수 있지만 지금처럼 안정적인 구조에서는 없애는 게 마땅하다.

카드사들은 이를 현금서비스 지급과 관련해 발생하는 ATM 수수료라고 말한다. ATM 수수료가 대출액 대비 5.1%라면 10만 원을 대출했을 때 5,100원이다. 은행의 ATM 수수료가 900원이니까 가만히 앉아서 4,200원을 버는 셈이다.

2009년도 6월 현금서비스 금액은 41조 7,000억 원이었는데, 계산의

성실한 젊은 일꾼의 실천

편의를 위해 41조 원이라고 하자. 41조의 5.1%는 2조 원인데 ATM 수수료를 아주 높게 잡아 1조 원이라고 쳐도 나머지 1조 원 이상은 고스란히 남은 셈이다.

현금서비스 운용금리를 연도별로 자세히 들여다보면 더 기막힌 사실을 발견할 수 있다. 다음 표를 보면 '이자율+취급수수료' 항목이 있는데, 카드대란이 일어나기 전까지는 취급수수료 항목이 없었다. 카드대란으로 발생한 대손 비용을 메우기 위해 취급수수료를 몰래 끼워 넣은 것인데, 당시 이자를 올리려니까 이자가 너무 높다는 저항을 받을 것 같아 취급수수료 항목으로 4.2% 정도 끼워 넣은 것이다.

현금서비스 운용금리 연도별 추이

연도	'02	'03	'04	'05	'06	'07	'08	'09.6
취급수수료	–	**		4.2	4.2	4.6	4.7	5.1
운용금리 (이자율+취급수수료)	21.8	24.9	28.8	28.1	27.8	27.0	25.9	26.3

* 자료 : 여신금융협회, 금융감독원 통계정보시스템
** 2003년 5월 외환카드를 시작으로 신설되었으며, 2003~2004년 통계는 취합이 불가함.

이자율은 그다지 변하지 않았음에도 불구하고 운용금리가 높아진 것을 알 수 있다. 조달금리도 별로 차이가 없다. 이는 운용금리와 조달금리의 차이인 20% 정도의 마진을 카드사가 챙긴다는 말이다. 은행의 경우, 조달금리와 운용금리의 차이가 4.5~5% 정도다. 5%라고 하더라도 카드사와 4배 이상 차이가 난다. 또 2008년에서 2009년으로 넘어오는 시기에는 조달금리가 0.9% 떨어졌음에도 불구하고 취급수수료는 0.4%

권택기의 꿈, 약속, 실천

올랐다. 이해하기 힘든 일이다.

그뿐이 아니다. 현금서비스를 100만 원 받을 때 단 하루만 써도 취급수수료가 5,500원 부과된다. 여신전문금융협회에 따르면 취급수수료는 ATM 사용 비용과 신용평가를 위한 비용, ATM망 비용 등 세 가지라고 하는데, 이 역시 건당 비용을 과금해야 하는 것이지 지금처럼 금액에 따라 과금하는 것은 이해할 수 없다.

그렇다면 카드사의 현금서비스 취급수수료는 도대체 얼마나 될까. 여기저기 수소문한 끝에 전업계 카드의 수익 현황을 구할 수 있었다.

전업계 카드사 수익 현황

(단위 : 억 원, %)

	'02	'03	'04	'05	'06	'07	'08	'09.6
현금서비스 실적	2,718,342	1,381,123	505,544	453,437	456,661	437,504	461,187	214,171
현금서비스 이자 수익	28,794	8,761	4,079	12,881	11,817	9,232	10,666	5,021
취급수수료 수익	–	–	–	2,241	2,095	1,905	2,371	1,207
연체율	6.6	14.06	18.25	10.06	5.53	3.79	3.43	3.1
당기순이익	2,355	△103,832	△13,408	3,423	21,637	24,439	16,608	9,806

보다시피 2005년부터 취급수수료 수익이 2,200억 원, 2,000억 원, 1,900억 원, 2,300억 원이고, 2009년은 6월까지가 1,200억 원 정도다. 이쯤 되면 무분별하게 카드 발급을 남발함으로써 발생한 카드대란 시기의 손해를 취급수수료를 통해 모두 고객에게 전가하려는 의도가 아니었는지 의심이 가는 것도 무리가 아니다.

카드사가 현금서비스 취급수수료를 높게 받는 것은 본래 조달 비용이 은행보다 비싸고 사고율이 높았기 때문이다. 그런데 한때 18%를 웃

돌던 사고율이 3.4%대로 급격히 떨어졌음에도 불구하고 왜 카드사의 이자율은 더 높을까. 알다가도 모를 일이다.

현금서비스를 이용하는 사람들은 우리 사회에서 가장 어려운 이들이다. 생활고 때문에 발등에 불이 떨어져 어쩔 수 없이 10만~20만 원 현금 서비스를 받는 것인데, 이를 자주 이용하면 신용이 낮아지고 결국 신용불량자가 되어 마침내 대부업체를 찾을 수밖에 없게 된다. 이것은 부인할 수 없는 우리의 금융 구조다.

따라서 나는 다른 것은 그렇다 치더라도 현금서비스의 취급수수료만큼은 없애야 한다고 금융위원회·금융감독원 종합감사에서 주장했던 것이다. 이런 비판 덕분이었는지 다행히 2011년 1월부터 현금서비스 취급수수료는 폐지되었다.

권택기의 꿈, 약속, 실천

카드사에 대한 특혜 조항 없애자

 지난 2007년 금융감독원은 신용카드 가맹점에 수수료 인하를 요청했고, 카드사는 이 권고를 받아들여 일정 부분 인하를 단행했다. 그러나 영세 상인들은 여전히 카드 수수료가 상당히 비싸다고 생각하고 있었다. 이에 나는 2008년 가맹점 수수료 인하와 관련해 중소상인들과 소상공인 단체가 다시 협상을 할 수 있도록 해달라고 부탁했다. 그러나 이 문제에 관해 금융감독원이나 금융위원회는 부정적인 입장을 취했다. 공정거래위원회 역시 팔짱만 끼고 있었다. 금융 감독기관의 업무라고 여겼기 때문이다.

하지만 공정거래법 23조 1항 "사업자는 다음 각 호의 어느 하나에 해당되는 행위로서 공정한 거래를 저해할 우려가 있는 행위를 하거나"라는 부분을 보면 첫째 항에 "부당하게 거래를 거절하거나 거래의 상대방을 차별하여 취급하는 행위" 또는 "자기의 거래상의 지위를 부당하게

권택기의 꿈, 약속, 실천

중곡제일시장 일일 상인 체험 중. 1999년 정부의 신용카드 활성화 정책으로 아무리 작은 구멍가게라도 신용카드 가맹점에 의무적으로 가입해야 한다.

이용하여 상대방과 거래하는 행위"라는 조항이 있다. 공정거래위원회의 개입 여지가 엿보이는 항목이다.

대형 카드사와 소상공인, 또는 영세업자의 관계가 불공정하리라는 것은 상식적으로 생각해도 충분히 알 수 있다. 실제로 영세업자들과 대형 마트의 카드 수수료는 차이가 있다. 하지만 외국의 경우, 캐나다를 비롯해 영국·네덜란드 등 금융산업에 보수적인 유럽 국가들조차 소상공인을 보호하는 차원에서 개입을 하고 있다. 그런 점에서 공정거래위원회는 이 같은 민원에 끼어들 여지가 충분함에도 불구하고 그동안 요지부동이었다.

카드 수수료 문제를 다루다 보니 법 조항 하나를 없애야겠다는 생각

성실한 젊은 일꾼의 실천

이 들었다. 1997년 8월 제정된 여신전문금융업법 19조 1항의 "신용카드 가맹점은 신용카드에 의한 거래를 이유로 물품의 판매 또는 용역의 제 공 등을 거절하거나 신용카드 회원을 불리하게 대우하지 못한다"는 규 정이 그것이다. 이 규정이 남용되고 있었던 것이다.

1999년 정부는 경제 활성화와 과세표준 양성화를 통한 세원 확보를 위해 신용카드 활성화 정책을 추진했다. 신용카드 이용액에 대한 소득 공제, 신용카드 영수증 복권제, 신용카드 가맹점 의무가맹 대상 확대 등 이 그것이다. 그렇다 보니 아무리 작은 구멍가게라 하더라도 신용카드 가맹점에 의무적으로 가입하지 않을 수 없게 됐다.

이에 따라 본래 내수 경기 진작과 세원 확대가 목표였던 신용카드 활 성화 대책이 부작용을 낳기에 이르렀다. 2000년부터 신용카드 사용액 이 늘어나면서 민간 최종 소비지출액 대비 신용카드 이용액이 역전 현 상을 나타내다가, 결국 2002년에 카드대란이 일어난 것이다.

이 문제는 그 후 조정기를 거쳐 2004년에야 비로소 정상적 소비 패턴 이 조금씩 돌아오게 된다.

신용카드 발급 수도 2000년부터 급증했는데, 잘 알다시피 카드대란 이 후의 신용불량자들이 이 시점에서 양산되었다. 2001년 104만 2,000명, 2002년 149만 4,000명, 2003년 239만 7,000명이 신용불량의 덫에 걸 렸다. 정부가 신용카드 사용을 의무화하면서 국민들을 신용불량자로 밀 어넣은 셈이다.

2008년 10월 16일 카드사들이 중소 가맹점 수수료를 0.3%, 0.1% 내 렸지만, 이처럼 우는 아이 사탕 주는 식으로 찔끔찔끔 인하하는 것은 근

권택기의 꿈, 약속, 실천

2011년 2월 15일 음식업중앙회 광진지회와의 신용카드 수수료 간담회. 영세자영업자들에게는 단 0.01%의 수수료도 큰 부담일 수밖에 없다.

본적인 처방이라고 할 수 없다. 문제를 근본적으로 해결하기 위해서는 앞서 말한 여신전문금융업법 제19조 제1항에 있는 카드 가맹점 사용자에 대한 판매 거절이나 불리한 대우 금지 조치를 없애야 한다. 이와함께 가맹점 의무가맹 대상 확대도 없애야 한다. 왜냐하면 이 조항 때문에 카드사들이 법적으로 상대적으로 우월한 지위를 가지게 되면서 불공정거래를 할 가능성이 있기 때문이다.

현재 카드 종류는 직불카드와 체크카드, 신용카드가 있고 현금영수증 제도도 있다. 세원 투명화를 통해 세원을 확보하기 위해서라면 현금영수증이면 충분하다. 또 이 세 가지 카드의 수수료율이 각각 다른데, 그 중에서 신용카드가 제일 비싸다. 신용카드는 일반적으로 통장에 돈

성실한 젊은 일꾼의 실천

이 없어도 사용이 가능하기 때문이다. 과거에는 신용 중심이 아니라 현금 중심으로 소비를 했는데, 카드 활성화 대책 이후 한 달 내지 한 달 반 뒤에 결제할 수 있게 되자 미리 당겨 쓰는 패턴으로 바뀌어 버렸다.

웃지 못할 옛말에 "공짜면 소도 잡아먹는다"는 말이 있다. 당장 돈이 나가지 않으면 뭐든 소비하고자 하는 소비 행태를 빗댄 말이 아닌가 싶다. 그러다 보니 신용카드 회사들은 국민들이 카드 쓰기를 선호한다는 생각에 요율을 바꾸지 않는 것이다.

이처럼 여신전문금융업법 제19조 제1항은 신용카드에 우월적 지위를 주는 특혜라 할 수 있다. 따라서 가맹점이 카드나 현금 중에서 수수료 부담이 적은 것을 선택할 수 있도록 허용하여, 결제수단 선택 규제를 전면 폐지하고 화폐 수단의 위상을 바로잡아야 한다. 나아가 법인세법을 개정해 현금영수증 발급을 의무화함으로써 세원을 확보하고, 국고금관리법 개정을 통해 정부 구매 카드를 신용카드에서 체크카드로 전환하는 등 신용카드 정책을 전면 수정해야 한다. 경제정의는 거창한 것이 아니라 바로 이런 소소한 불균형을 바로잡는 일에서부터 시작되어야 한다.

권택기의 꿈, 약속, 실천

금융소비자보호원을 설립하자

최근 금융 관련 민원이 폭발적으로 증가하고 있다. 2005년에 약 25만 건이던 것이 2006년 28만 건, 2007년 31만 건, 2008년 39만 건으로 해마다 3만 건 이상씩 증가하고 있다. 민원의 내용도 과거와 같은 것이 아니라 새로운 민원이다. 은행 관련 업무만 보더라도 펀드 관련이 2008년 상반기에 91건이던 것이 2009년 상반기에는 834건으로 약 9배 증가했다. 증권·자산운용과 관련해서는 수익증권의 경우 2008년 상반기에 82건이던 것이 2009년 상반기에는 629건으로 약 7배 증가했다. 선물옵션 매매도 2008년 상반기에 27건이었으나 2009년 상반기에는 89건으로 3배 이상 증가했다. 이런 민원들은 대체로 상품이 복잡해지고 고도화되면서 금융상품을 제대로 알지 못한 상태에서 파는 불완전 판매에서 비롯된 것이다.

이처럼 민원은 늘어나고 있지만 분쟁 조정 수용률은 갈수록 떨어지

권택기의 꿈, 약속, 실천

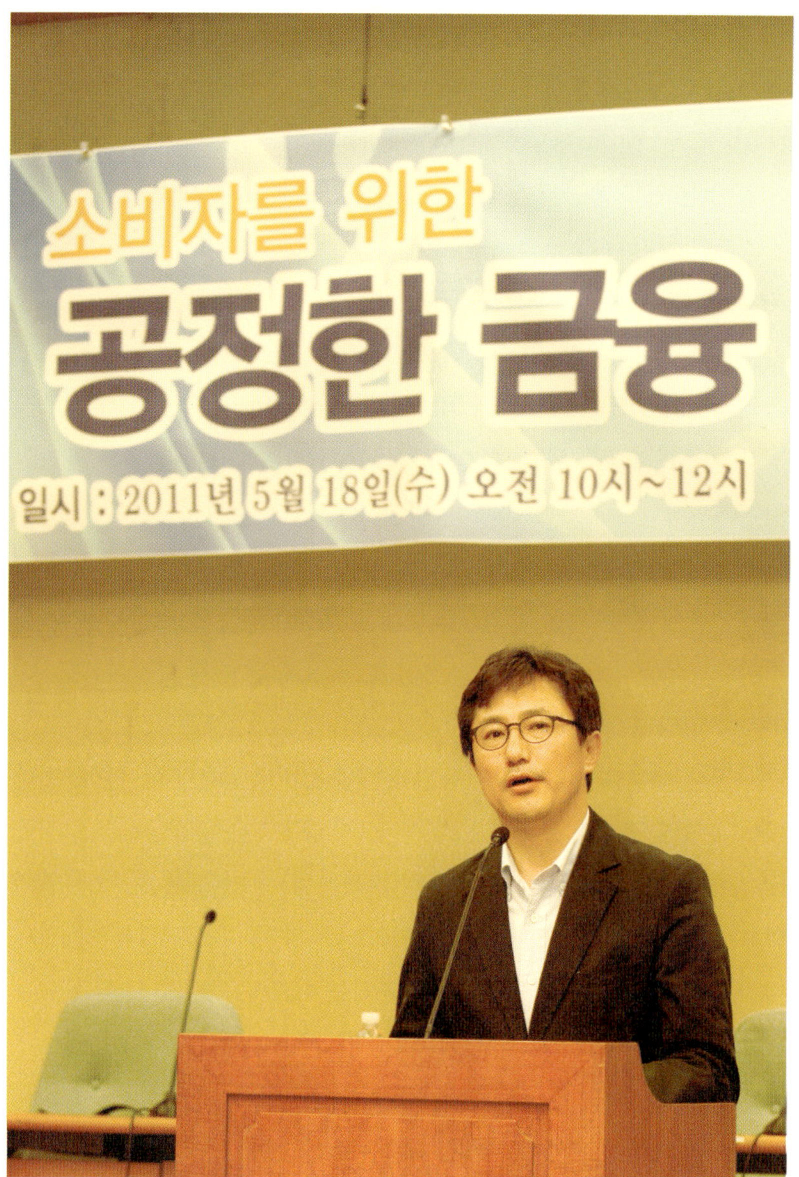

2011년 5월 18일 열렸던 '소비자를 위한 공정한 금융서비스 실현 정책과 과제' 토론회에서.

고 있다. 2007년도에 1만 7,300건이었던 분쟁 조정 건수 중 수용은 9,000건으로 수용률이 51.8%였으나 2008년도에는 48.6%, 2009년도는 43.3%로 떨어졌다. 이처럼 수용률이 계속해서 떨어지는 이유가 뭘까. 그것은 불완전 판매를 입증하기가 쉽지 않았기 때문이다.

그러다 보니 분쟁 조정 와중에 소 제기를 많이 하는데, 2007년 348건, 2008년 521건이던 것이 2009년 6월에는 243건으로 증가했다. 이는 금융회사들이 소비자들에게 심리적·시간적·경제적으로 부담을 줘서 소송을 포기하게 만들려는 부도덕한 행위라 할 수 있다. 소 제기를 하면 분쟁 조정을 중단하도록 한 법 조항을 금융회사들이 교묘히 활용한 사례인 것이다.

하지만 이 부분에 대해서 금융감독원은 지난 5년간 단 한 차례만 소비자 보호 업무를 지원해 주었을 뿐, 그 밖에는 해준 게 없다. 소비자와 전문변호사를 거느린 돈 많은 금융기관의 소송은 누가 이길까. 질문하기조차 민망한 일이다.

사정이 이렇다 보니 금융감독원에 대한 소비자들의 불신이 이만저만 아니다. 희망홀씨 대출 건도 그렇다. 15개 금융기관이 취급하고 있지만 실적이 50%가 넘는 은행은 농협과 전북은행, 우리은행, 단 세 곳밖에 없다. 평균 실적이 40%도 채 안 된다. 그럼에도 불구하고 금융감독원은 마치 엄청난 일을 한 것처럼 자화자찬하는 보도자료를 냈다. 이 보도자료를 보고 800만 금융소외자들은 무슨 생각을 했을까.

제1금융권은 그래도 약과다. 저축은행 대출이자율은 40~49%에 이른다. 서민과 금융소외자들은 사채업자·사금융 못지않은 이자를 감당

권택기의 꿈,약속,실천

해야 한다. 한 저축은행의 경우, 이런 높은 이자를 부담하는 비율이 전체 대출의 85.42%를 기록하기도 했다.

이런 부분을 관리하고 검사해야 하는 금융감독원장이 저축은행의 경영 건전성 제고를 위한 워크숍에서 "저축은행 BIS 비율이 양호한 수준을 유지하고 있는 것은 여러분의 노력에 힘입은 바 크다고 생각합니다"라고 대놓고 격려한다. 실제 영업행위를 어떻게 하고 있는지 금융감독원이 조금이라도 관심을 기울였다면 결코 이렇게 말할 수는 없다. 또 금융소비자를 생각했다면 이런 말을 어떻게 꺼낼 수 있었을까. 그랬으니 저축은행 사태가 발생할 수밖에 없었던 것이다.

금융감독원의 2009년도 대부업체 검사 실적은 단 28건에 지나지 않는다. 경찰청 자료에 따르면 불법 사금융 범죄 건수가 2006년 1,170건, 2007년 3,744건, 2008년 5,840건, 2009년 8월 말 기준 1만 4,465건이지만, 금융감독원의 검사는 28건밖에 되지 않는다. 이미 발생한 사건이나 최소한 자산이 70억 이상인 대부업체 100곳에 대해서는 금융감독원에서 직권검사를 해야 하지만, 인력이 부족하다거나 지방자치단체 관할이라는 식으로 핑계를 대거나 책임을 떠넘겨 왔다.

금융기관에 대한 금융감독원의 평가는 이해하기 힘든 대목이 있다. 금융감독원이 우수업체로 평가한 기관과 2008년의 민원 발생 평가 결과를 놓고 비교하면 그러한 사실이 잘 드러난다.

보험 통신판매시 표준상품 설명 대본 내용에 고수익 상품 등 오인 가능성이 있는 표현을 사용하여 기관 주의 조치를 받은 KB생명이 버젓이 우수업체로 선정되었다. 홈페이지를 통해 3년 연속 1등급 획득이라는

성실한 젊은 일꾼의 실천

2010년도 국정감사에서 금융소비자 보호 문제에 대해 집중 질의하는 모습. 금융소비자 보호는 금융 감독원뿐만 아니라 전 금융기관 전반에 걸쳐 논의되어야 할 문제다.

홍보를 하는 메리츠화재와 1등급 달성을 내건 현대해상도 기관 주의 조치를 받았다. 또 2등급 업체 중에는 KIKO Knock-In Knock-Out (환율하락으로 인한 환차손 위험을 줄이기 위해 수출 기업과 은행 간에 맺는 일종의 계약으로 파생상품이다) 거래에서 문제가 되었던 씨티은행과 신한은행이 우수업체로 선정되었다. 이렇듯 민원이 끊이지 않고, 또 기관 주의를 받은 업체들이 우수기관으로 선정되는 마당에 국민들이 어떻게 금융감독원을 신뢰할 수 있을까.

분쟁 조정시 금융감독원이 대법원의 판례도 무시하고 금융기관의 입장에 서는 것도 소비자들로 하여금 금융감독원을 불신하게 만드는 한 요

권택기의 꿈, 약속, 실천

인이다. 대표적인 사례가 자동차보험의 자손보험 관련 사항인데, 대법원
의 판례는 자동차 소유 관리상의 문제로 판단하는 데 비해 금융감독원은
운행상의 문제로 보기 때문에 소비자에게 불리한 입장이 나올 수밖에 없
다. 결과가 이러니 힘없는 금융소비자들은 결국 소송에 의존하게 된다.

금융감독원에 대한 소비자의 불신과 불만은 여기에 그치지 않는다.
스스로 반영하겠다고 발표한 민원 중 실제로 반영하지 않은 항목들이
너무도 많다.

가까운 예로 2007년도에 상호저축은행 대출 광고시 무이자·무담
보·무서류 등의 광고 규제를 하겠다고 했지만, 지금 케이블 TV를 보면
‘무이자’가 안 들어가는 광고를 보기 어렵다. 인터넷에서 이뤄지는 경우
에도 상품 정보에 들어가면 ‘무방문, 무보증, 연 8% 대출 금리’, ‘영업
점 방문이 필요 없는 무방문 인터넷 신용 대출 상품으로서 보증인 없이
대출이 가능한 상품’이라는 광고가 부지기수다. 금융감독원의 신뢰는
이런 사소한 약속을 지키는 것부터 시작되어야 한다.

전반적으로 금융감독원은 금융소비자보다 금융기관의 건전성 감독
을 중요하게 여기는 것으로 보인다. 금융기관의 출연금으로 운영되다
보니 금융소비자 보호에 관해서는 태생적 한계가 있는 게 현실이다. 또
금융소비자 보호를 위해 감독 규정을 개정한다는 것은 자신의 실수를
인정하는 꼴이 되므로 개정에 소극적일 수밖에 없는 한계를 가지는 것
도 사실이다.

최근 미 하원 금융위원회에서 소비자금융보호청 법안을 찬성 39표,
29표로 승인했다. 오바마 대통령은 적잖은 반대에도 불구하고 “금융계

성실한 젊은 일꾼의 실천

최근 미 하원에서 소비자금융보호청 법안을 통과시키는 등 금융소비자 보호 문제는 전 세계적으로 주목 받고 있는 이슈다. 2010년 6월 11일 한국소비자원과 미국 연방거래위원회의 공동세미나에서.

와 로비스트들이 변화에 저항하는 것을 미 국민이 지켜보고만 있지는 않을 것임을 보여준 중요한 신호"라는 성명까지 냈다.

글로벌 금융위기 이후에 새롭게 주목을 받은 이슈 중 하나가 금융소비자 보호 문제다. 마이클 테일러는 바람직한 금융감독 시스템으로 트윈 픽스twin-peaks 모델을 들었다. 이는 건전성 감독기구와 영업행위 감독기구를 나누어야 된다는 주장이다. 그리고 이 모델을 기준으로 미국을 비롯해 영국·캐나다·프랑스 등이 최근 금융소비자 보호 기능과 영업행위, 그리고 건전성 기능을 양분하는 추세다.

금융상품이 지나치게 고도화되고 분화되면서 소비자들은 사실 상품에 대해 잘 모른다. 그에 따라 민원이 급증하고 있는데, 진짜 우려가 되는 것은 파생상품이다. 파생상품 시장이 자율화되고 나서 거대 외국 자본들이 우리 시장에 진출해 소위 먹튀를 했을 때 과연 우리가 그것을 방어할 수 있을 것인지는 의문이 아닐 수 없다. 금융감독원이야 금융기관의 건전성 부분에 관해서는 충분히 잘 관리하겠지만, 영업행위나 영업행태와 관련해서는 고개가 갸웃거려지는 게 사실이다.

거듭 강조하거니와 금융소비자 보호는 반드시 필요하다. 물론 이는 하루 이틀 만에 결론을 낼 수 있는 사안이 아니다. 금융시스템 전체를 고려해서 만들어야 되는 부분이 있기 때문이다. 어찌 되었거나 금융감독원은 금융기관의 건전성과 금융소비자 보호를 위한 영업행위의 건전성, 이 양면을 어떻게 조화롭고 슬기롭게 실현해 낼 것인지 실체적으로 검증해야 한다.

성실한 젊은 일꾼의 실천

서민을 위한 햇살론을 디자인하다

지난 2009년 나는 금융위원회 국정감사와 대정부 질의를 통해 금융 소외자인 저신용층에 대한 대책을 제안하고 실현시키기 위해 노력했다. 금융위원회를 대상으로 저축은행과 대부업체의 금리인하 필요성을 강조하며 강제로라도 이자를 내리도록 요구했는가 하면 대정부 질의를 통해 서민을 위한 '뉴스타트 생활안정자금' 제도를 만들자고 촉구했다. 그 결과 만족할 만한 수준은 아니지만 서민을 위한 각각의 대출제도가 마련되어 나름대로 자긍심을 가질 수 있었다.

우리나라 경제인구 5명 중 1명이 금융 소외자, 즉 신용등급이 7등급 이상이다. 금융 소외자에 대한 배려와 구제 대책이 없다고 하지만, 2008년 3/4분기 이후로 7등급 이하는 조금씩 줄어들고 있는 추세다. 은행이나 저축은행 등을 통한 꾸준한 지원과 관리의 결과라 할 수 있다. 따라서

2009년 11월 11일 경제 분야 대정부 질의를 통해 서민을 위한 '뉴스타트 생활안정자금' 제도를 만들 것을 촉구했다. 이것이 바로 대표적인 서민금융정책인 '햇살론'의 시초가 되었다.

이를 잘 활용하면 서민들의 금융 소외를 일정 부분 해결할 수 있을 것이라는 생각은 들지만, 분야별로 몇 가지 보완해야 할 점도 적지 않다.

먼저 은행 부분이다. 정부는 2009년 3월 이후 희망홀씨 대출을 시작했다. 총 1조 9,100억 원을 투입했는데 가장 실적이 좋은 은행이 농협과 전북은행이다. 반면 국내 5위권 은행인 국민은행과 신한은행, 하나은행, 외환은행, SC제일은행 등은 지방은행의 실적보다 못하다. 지난 외환위기 극복 과정에서 169조라는 공적자금이 투입된 은행들이 서민 대출을 위해 스스로 1조 9,100억을 투입하겠다고 약속해 놓고 실제 집행률은 40%도 안 되었던 것이다. 왜 그럴까. 희망홀씨사업 실적을 지점장들의 업무성과 평가지수에 전혀 넣지 않았기 때문이다. 금융위원회가 은행들을 독려할 필요가 있는 대목이다.

다음으로 저축은행을 보자. 조사에 따르면 HK저축은행의 총 대출 잔액은 4100억 원인데, 그 중 40~49%의 높은 이자를 내고 있는 게 3500억 원이나 된다. 대출 잔액의 85%가 40%가 넘는 이자를 낸다는 말이다. 금융위원회가 2009년 3월에 발표한 대부업체의 평균 금리가 38.4%인 것과 비교해 봐도 너무 높은 수치다. 아니, 서민에게 대출해 주겠다는 저축은행이 대부업체보다도 이자율이 높다니 아연실색하지 않을 수 없다.

저축은행의 상위 3개 업체, 즉 현대스위스와 솔로몬, HK를 합쳐 통계를 내도 30~40%의 대출이자를 지급하는 비율이 30.84%, 40~49% 짜리 대출이자를 지급하는 비율이 42.20%나 된다. 저축은행에 오는 사람들이 대부업체에서 대출을 했는지 안 했는지 확인할 수 없어서 어쩔 수 없이 높은 이자를 받는다는 게 저축은행 관계자들의 대답이다. 하지만 등록된 자산이 70억 이상인 회사들은 금융권의 신용정보와 연결해서 통합관리를 할 수도 있는 것 아닐까. 또 금융위원회나 금융감독원이 등록제로 하든 허가제로 하든 제대로 관리만 한다면 지금보다 10% 이상 이자율을 낮출 수 있을 것이다.

나는 기본적으로 우리 사회의 빈부격차가 점점 심해지고 있기 때문에 사회안전망이 반드시 필요하다는 입장이다. 그런 의미에서 미소금융 재단은 물론이고 또 다른 저신용층의 신용 안정과 대출, 금융 소외 현상을 조금이라도 해결할 수 있는 복지형 금융이 필요하다고 본다.

하지만 현재 은행의 희망홀씨 대출은 집행이 잘 안 되고, 저축은행도 관리가 제대로 안 되고 있는 실정이다. 저축은행이 대부업체와 같은 이자율을 받는데도 금융위원회는 제대로 감독하지 못하고 있을 뿐만 아니라, 대부업체는 아예 금융위원회의 통제도 받지 않는다.

상황이 이렇다 보니 지금 우리 서민들에게 가장 필요하고 중요한 것은 실제 소액 생활비 대출이다. 미소금융은 자활 의지가 있는 사람이나 영세 자영업자의 재활 의지에 도움을 줄 수 있지만, 생활비는 그보다 더 급하기 때문이다. 금융위원회의 2009년 상반기 대부업체 실태조사 보고서를 보면 소액 대출자의 28.2%가 생활비 충당이 목적이고 사업자금 조달은 26.5%였다. 이런 현상이 눈앞에서 벌어지고 있는데도 정부는 자활 기능에 대한 지원만 하고 생활비 충당 대책은 전혀 없다.

우리나라 대출 금리를 전체적으로 분석해 본 결과, 다음 그래프와 같이 은행은 10% 내외, 신협은 10~20%, 저축은행은 35~45%, 대부업체는 40% 이상이었다.

성실한 젊은 일꾼의 실천

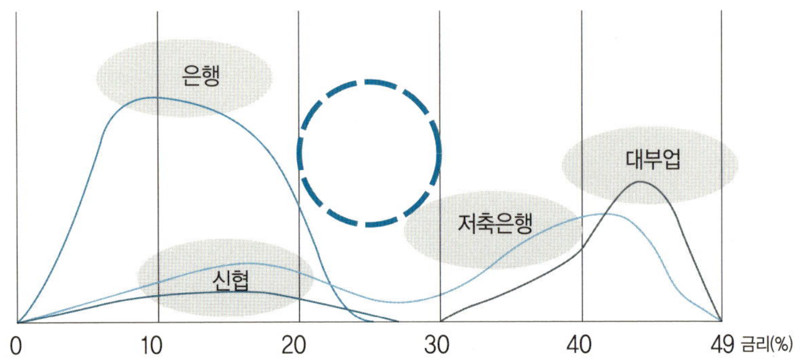

위 그래프를 보면 20~30% 구간이 비는 것을 알 수 있다. 결국 신용등급 7등급 이상인 사람들은 전부 40% 이상의 금리를 받는 대부업체로 바로 갈 수밖에 없다는 말이다. 그렇다면 20~30%의 공간을 메울 수 있는 방법은 없는 것일까?

서민들이 저축은행이나 은행의 희망홀씨 등을 통해 대출한 부분에 대해 정부가 직접 보증을 서기는 어렵다. 그러나 이자율은 리스크와 자본조달 비용에 의해 결정되는 만큼 그 채권을 정부가 보증해 주는 방법을 모색한다면 리스크가 줄어들어 전체적인 대출이자를 낮출 수 있다. 또 신용회복기금의 여유자금 5,000억 원과 주택금융공사의 주택신용보증기금 5,000억 원을 활용하는 방안도 적극 검토할 필요가 있다.

이명박 정부는 '서민을 따뜻하게, 중산층을 두껍게'라는 슬로건을 내걸고 2조 6,547억 원에 상당하는 지원 정책을 펴왔다. 주로 자영업자 및 창업 지원을 위해서 7개 사업에 1조 9,000억 원, 긴급생계비 지원 형태로 3개 사업에 7,000억 원 정도를 썼다. 물론 미소금융 프로그램을 비롯해 창업 지원, 자활에 대해 정부가 더 많이 치중하는 것에 대해서 반대하

권택기의 꿈, 약속, 실천

진 않는다. 이것은 가야 할 방향이다.

하지만 현장에서 이보다 더 절실한 것은 생계비다. 특히 실직자들은 이런 제도의 사각지대에 있어 혜택을 받지 못하고 있다. 경제위기로 실직해서 갑자기 신용등급이 떨어진 이들은 어디 가서 돈을 빌릴 데가 없다. 그래서 할 수 없이 대부업체의 문을 두드린다. 때문에 갑자기 실직했거나 영세사업자들이 갑자기 폐업한 경우, 500만 원 정도의 긴급자금을 빌릴 수 있도록 금융위원회가 나서야 한다. 앞의 그래프에서 나타나는 20~30%의 빈 공간이 바로 그들의 자리여야 한다는 게 내 생각이다.

그래서 제안한 것이 가칭 ‘뉴스타트 생활안정자금제도’다. 저축은행과 신용협동조합이 연리 15% 정도로 생활안정자금을 대출해 주고, 정부가 공적 보증을 통해 대출 채권을 매입해서 유동화시키는 주택금융공사의 보금자리론 같은 방식으로 한다면 연간 1,500억 원이면 서민 30만 명에게 500만 원 정도를 대출해 줄 수 있기 때문이다.

일시적으로 실직하거나 수입이 급감한 이들이 빈곤층으로 전락해 지금보다 양극화가 더 심화된다면, 우리 경제의 성장잠재력과 거시경제의 안정성은 훼손될 수밖에 없다. 현재 신용회복기금에서는 대부업체 이용자들의 대출을 전환해 주고 있다. 물론 이들을 구출해 내는 것도 중요하지만, 그보다 더 중요한 것은 우리 사회의 저소득층이나 실직자들이 더 이상 빈곤층으로 전락하거나 신용불량의 늪에 빠지는 것을 막는 일이다. 그것을 위한 1,500억 원은 그리 커보이지 않는다.

성실한 젊은 일꾼의 실천

서민 울린 저축은행 사태의 본질

2011년 1월과 2월 사이에 저축은행 8개가 갑자기 영업 정지를 당했다. 이 문제는 지난 2008년 국회부터 지속적으로 제기해 왔으나 다들 문제가 없다고 해서 넘어가곤 했다. 하지만 저축은행 문제는 1998년부터 크게 세 단계에 걸쳐 불거져 왔다고 할 수 있다.

첫 번째 단계가 1998년 1월 개정한 은행의 여신금고 폐지 때문으로, 실제 당시 저축은행은 어려운 형편 때문에 구조조정을 단행했다. 두 번째 단계는 첫 번째 단계를 해결하기 위해 2001년 8월 실시한 소액대출 활성화다. 이 조치로 인해 소액대출 쏠림화 현상이 나타나면서 2001년 9월 8,000억 원 정도였던 전체 대출액이 2002년 말에는 2조 8,000억 원까지 급증했다. 그리고 2004년엔 연체율이 급기야 60%에 이르게 되었다. 마지막으로 세 번째 단계는 부실화된 저축은행들의 살 길을 터주기 위해서 88클럽〔우량 저축은행을 판가름하는 기준. 국제결제은행BIS 기준 자기자본 비율 8% 이상, 고정 이하 여신(떼일 염려가 있는 외상채권) 비율 8% 이하) 여신한도를 완화했는데, PF(프로젝트 파이낸싱) 대출이 확대되면서 오히려 부실이 더 심각해진 것이다.

그런데 88클럽 규제완화에는 또 다른 요인이 있다. 당시 정부는 신수도권 발전 및 혁신도시 건설 방안을 2004년 8월 31일 발표했다. '사택·기숙사 건립 지원 및 아파트 우선분양 등 적극적 주거대책 마련'이라는 게 그것이다. 지역의 혁신도시에 아파트는 건설해야 하는데 지역 건설업자들은 신용도가 낮아 은행 대출을 받을 수 없게 되자, 정부 차원에서 혁신도시 주거대책 마련을 위해 의도적으로 88규제를 완화한 것이다. 2005년과 2006년에 갑자기 PF 대출이 급증한 것은 바로 그 때문이다. 아직도 지방에 미분양 아파트가 남아 있는 것도 그 여파라 할 수 있다. 이처럼 88클럽의 여신한도 규제완화로 인해 PF 대출이 확대되면서 부실이 더 심해졌는데, 최근의 저축은행 사태는 바로 여기서 비롯되었다는 게 내 생각이다.

2000년 4월 27일, 당시 재정경제부와 금융감독위원회가 공동으로 발표한 「상호신용금고 발전 방안」이라는 보고서에는 1998년부터 2007년까지 저축은행에 관한 모든 정책이 담겨 있다.

보고서 주요 내용을 보면 동일인 여신한도 개선 방향이 나와 있다. 자기자본의 5~10%, 20억~40억 이내에서 자기자본의 20%, 80억 이내로 바뀌는데, 이것은 훗날 88클럽의 규제 완화 기준이 된다. 그 다음은 2000년 4월 금고 명칭 변경 건이 논의된 걸 알 수 있다. 그에 따라 2002년 3월 저축은행으로 명칭이 바뀐다.

성실한 젊은 일꾼의 실천

그다음이 금고의 구조조정 지원제도 확충 건인데, 저축은행 계열화를 위한 기본 조건이 여기에 명시되어 있다. 계약이전을 받은 금고와 합병 금고에 대한 점포 설치 요건을 완화해 주고 법정 최저자본금 증액 의무도 완화한다는 내용이다. 계약이전을 받은 금고에 대해 예금보험공사의 지원을 확대하는 내용도 들어 있다.

저축은행 명칭 변경, 저축은행 계열화 허용, 88클럽 여신한도 완화 등 일련의 과정을 들여다보면, 이는 어느 한 정권의 문제가 아니고 금융 산업에서 저축은행이 차지하는 비율이 3% 정도이다 보니 너무 안이하게 정책을 추진한 것이 아닌가 하는 생각이 든다. 그러다가 2005년도부터 PF 대출이 급증하자, 국회가 본격적으로 문제제기를 했던 것이다. 2008년 정권이 교체되고 나서도 글로벌 금융위기 때문에 이 문제를 처리할 수 있는 여유가 없었다고 얘기하지만, 실질적으로는 이 문제를 숨겨 왔고 지연시켜 온 게 아닌가 하는 의구심을 지울 수 없다.

전체적으로 보면 저축은행 사태는 각종 영업 활성화 정책의 외형은 확대된 반면, 이것을 감당할 대주주의 경영 마인드나 능력이 없다 보니 겉만 번지르르하게 치장하다가 생긴 일이라고 할 수 있다.

그럼에도 불구하고 최근 언론에서는 "이 정부가 부동산 살리는 데 목숨 걸고 저축은행과 건설회사 간에 위험한 공생 관계를 조장하다 건설경기가 안 좋아져서 철퇴를 맞게 된 것이다"라고 말한다.

그러나 분명히 짚고 넘어가야 할 일이 있다. 미분양 사태가 언제부터 시작되었을까. 2008년부터다. 그렇다면 미분양 아파트 건설은 이미 그 이전부터 시작되었다는 말이다. 특히 지방 미분양 아파트는 2006년과 2007년에 건설에 들어갔고, 이들이 전부 PF 대출로 시작되었다는 것을

권택기의 꿈, 약속, 실천

기억해 둘 필요가 있다.

상호저축은행법 제1조의 목적 조항을 보면 "서민과 중소기업의 금융 편의를 도모하고 거래자를 보호하며 신용질서를 유지함으로써 국민경제의 발전에 이바지함을 목적으로 한다"고 되어 있다.

그러나 저축은행들은 설립 목적인 서민과 중소기업의 금융 편의는 사실상 도외시해 왔다. 2006년부터 2007년의 통계를 보면 전체 저축은행의 가계대출 규모는 7조 원 규모다. 6조 9,000억, 7조, 7조 1,000억 원 사이에서 전혀 늘지 않았다. 그런데 저축은행들의 경영부실은 대부분 부동산 PF 대출 때문이다. 과연 저축은행이 서민을 위한 금융기관인지 부동산 투기회사인지 가늠키 힘든 대목이다.

저축은행은 규모 면에서 금융산업 전체로 보면 지금도 3% 정도밖에 차지하고 있지 않다. 그러나 실질적으로 PF 문제로 인해 저축은행 사태가 크게 불거졌음에도 정부는 영업에 대해서만 규제했지 저축은행들이 앞으로 어떻게 살아갈 것인지, 어떤 식으로 문제가 재발되지 않도록 할 것인지에 대한 대안은 전혀 없다. 이 문제를 푸는 데 있어 누구의 책임인가를 가리고 따지기 전에 앞으로 어떤 방향으로 가야 할 것인가를 정하는 일이 더 중요하다는 말이다.

그러기 위해서는 우선 저축은행을 정말 서민은행으로, 로컬은행으로, 로컬금고 형식으로 가는 게 맞는지, 지금처럼 광범위한 영업구역을 두는 지방은행의 형태로 가는 게 맞는지 총체적인 점검이 필요하다.

그리고 금융감독원은 저축은행의 사전 현장검사만큼은 예금보험공사에 업무를 위탁해야 한다. 인력이 부족해서 100개가 넘는 저축은행을 검사하려면 2년 반에 한 번 정도밖에 차례가 돌아가지 않는다고 말하고

성실한 젊은 일꾼의 실천

있기 때문이다. 따라서 예금보험공사의 사전 현장검사에서 문제가 발견되었을 때 금융감독원에 공동검사를 요구하면 관리와 감독 문제를 상당 부분 해결할 수 있을 것으로 보인다.

현장에 조금만 더 가까이 다가가면 충분히 금융소비자를 보호해 줄 수 있음에도 불구하고 업무권한 때문에 못 해주는 게 어디 저축은행 문제 하나만일까. 법이 아니라 시행령만 만들거나 고쳐도 충분한 일인 것을. 밥그릇 싸움을 하고 있기에 제대로 된 현장검사 제도를 만들지 못해 결국 이 지경에 이른 것이다.

무엇보다 안타까운 것은 저축은행 사태의 피해자가 대부분 서민이라는 것이다. 시장에서 하루하루 벌어 목돈을 마련하고자 했던 분들이 피해자다. 그분들의 피땀어린 돈이 저축은행 대주주들의 무능하고 부도덕한 경영 때문에 어디론가 사라져버린 것이다.

나는 저축은해 사태를 해결하기 위해서는 국정조사뿐만 아니라 특검을 해서라도 모든 부패와 비리를 밝혀야 한다고 생각한다. 혹시라도 있을지 모르는 이 정부와 관계되는 환부가 있다면 깨끗하게 수술해야 한다. 그래야 이 정부에 대한 국민의 신뢰가 살아날 수 있다. 특히 영업정지 이후 불법 인출 등 부도덕한 행태에 대해 국민들의 불신이 매우 높다. 이러한 불신을 해결해야 금융시스템 전반에 대한 신뢰가 살아날 뿐만 아니라 공정사회로 나아가는 계기가 될 것이다.

금융산업 전체로 보면 작을 수 있지만, 이 작은 것부터 개혁하지 못한다면 누가 개혁을 믿을 수 있겠는가?

권택기의 꿈, 약속, 실천

sian Parliamentarians'
nance & Economy Conference
APFEC |아시아 금융경제 국제의원회의
ate : 9 ~ 11 December 2010 |Place : Seoul, Korea

중소기업도 같이 상생하는 구조 만들자

최근 공정거래위원회는 비상경제대책회의로부터 대기업과 중소기업 간의 불공정거래 환경을 개선하고 상생협력을 통한 동반성장에 대해 지적받은 일이 있다. 공정거래위원회 홈페이지에 접수된 정책 건의나 질의 현황을 보면 하도급 관련이 1,131건으로 제일 많고, 그다음 공정거래 관련 민원이 1,057건이나 된다.

내용을 자세히 들여다보면 가장 큰 애로 사항은 원청업체의 납품단가 인하 요구와 원자재 가격 상승분이 납품단가에 반영되지 않는다는 것이다. 대기업들이 이러한 문제를 해결하기 위해 납품단가조정협의회를 구성했지만 정작 중소기업들은 거래 중단 요구나 다른 압력이 무서워서 이 제도를 제대로 활용하지 못하고 있는 것이 현실이다. 공정거래위원회가 그 해결책으로 중소기업협동조합으로 하여금 납품단가 조정협의 절차와 관련해 여러 가지 지원 기능을 할 수 있도록 대책을 강구하

권택기의 꿈, 약속, 실천

고 있지만, 그 대책을 좀 더 보강한다고 하더라도 문제는 하도급 거래의 사각지대가 너무 많다는 것이다.

2010년도 하도급분쟁조정협의회가 접수한 사건 중 위반 사항임에도 불구하고 하도급법 적용 요건에 맞지 않아서 분쟁 조정조차 못한 건이 6개월 사이에 26건, 금액으로도 한 40억 원 가까이 된다. 원사업자의 요건이 수급사업자의 시공능력평가액 또는 상시 종업원 수의 2배를 초과해야 한다는 법 조항 때문이다.

또 1·2차 관계보다는 2·3차 관계에 있는 기업들은 대체로 영세 중소기업들이다. 이 영세 중소기업들은 매출 규모 때문에 하도급 적용도 못 받고 있다. 예를 들어 제조·수리 위탁 같은 경우는 20억 원, 그다음 건설 위탁은 30억 원, 용역 위탁은 10억 원이 기준인데, 이 기준 때문에 2·3차 간의 위탁 관계가 있을 경우 매출 규모가 작아서 적용을 받지 못하는 것이다.

지난 2010년 10월, 공정거래위원회 국정감사에서 이 같은 사실을 지적하고 개선을 요구하자, 정호열 공정거래위원장은 다음과 같이 답변했다.

"하도급법을 모든 기업 간의 거래 관계, 중소기업 상호간의 하도급 거래에 대해 일반적으로 적용하는 부분에 관련해서는 영세한 중소기업의 현황에 미루어서 법 집행이 너무 좀 엄격하지 않나 이런 논란이 있었고, 그래서 바로 지금 위원님께서 제기하신 그런 정책 방향으로 이번에 동반성장 대책에서 적용 요건을 완화해서 중소기업 상호간의 하도급 거래질서에서도 하도급법 적용을 보다 확대하는 방향으로 제도 개편안을

성실한 젊은 일꾼의 실천

지금 강구하고 있습니다.”

영세사업자들이 하도급법 적용을 받지 못하는 경우는, 물론 금액은 그리 크지 않지만, 실제 현장에서 더 많을 것이다. 금액의 많고 적음을 떠나 이들이 하도급법의 보호를 받아야 됨에도 불구하고 실제로 아무런 보호를 받을 수 없다는 것은 큰 문제다.

그런 점에서 동반성장 대책을 통해 일단 하도급법 적용을 매출액 기준, 종업원수 기준으로 2배 이상에서 1배로 인하하겠다는 안은 그 자체가 상당한 제도의 변화이긴 하다.

하지만 그것은 기업 간 규모의 격차이고, 2·3차의 경우에는 기업 규모 자체가 작기 때문에 하도급법 적용을 못 받게 되는 것은 여전하다. 가령 매출액이 5억밖에 안 되는 회사가 매출액이 2억 하는 회사에 하청을 줬을 경우, 하도급법 적용을 못 받는다는 것이다.

이에 대해 공정거래위원회는 하도급법 적용 대상 확대와 함께 중소기업협동조합에 하도급 대금 조정 신청권 부여 등을 주요 내용으로 하는 하도급법을 2011년 3월 29일 개정했다.

권택기의 꿈, 약속, 실천

프랜차이즈 현장은 죽는데 가맹본부만 살찐다

 지난 2009년 3월 4일 공정거래위원회는 〈가맹점주 창업 정보도 모르고 계약하지 마세요〉라는 보도자료를 발표했다. 이 보도자료에는 프랜차이즈 가맹업체의 실태와 현장의 문제점 등이 적시되어 있다. 이를 통해 7월에는 현장검증까지 실시되었다. 그러나 2009년 9월에 발표된 프랜차이즈 활성화 대책을 보면 가맹본부 활성화 대책은 있지만, 가맹점 보호 대책은 전혀 없다.

가맹점주들을 대상으로 한 여론조사를 보면 투자수익률에 대해 '불만족'이 44.6%인 데 반해, '만족'은 19.6%밖에 안 된다. 왜 그럴까? 공정거래위원회 사이트에 등록된 가맹본부 1,721개를 기준으로 분석해 본 결과, 가맹본부 평균 매출액은 951억이고 평균 영업이익은 30억, 당기순이익은 17억인 데 비해 가맹점 평균 매출액은 2억 5,900만 원밖에 안 되기 때문이다.

권택기의 꿈, 약속, 실천

그렇다면 가맹점 평균 매출액인 2억 5,900만 원을 놓고 한번 계산해 보기로 하자. 가맹점당 평균 초기 투자비용은 임차보증금을 빼고 약 1억 2,900만 원이었다. 가맹비와 순수 초기 투자 비용이다. 가맹점의 평균 계약 기간은 2.2년으로, 대체로 2.2년이 지나면 계약 해지를 하거나 해지를 당한다. 따라서 가맹점은 초기 투자비를 건지기 위해서는 한 달에 482만 원의 순수익을 올려야 한다.

그런데 매출액 2억 5,900만 원 중 영업이익이 30%라고 상정했을 때, 한 달에 올릴 수 있는 수익은 647만 원이다. 여기서 초기 투자비 482만 원을 제하고 나면 165만 원 정도가 남는데, 이 금액은 4인 가구 최저생계비 126만 원의 130% 수준이다. 이자는 물론 자기 인건비도 안 된다. 소위 앞으로 남고 뒤로 밑지는 장사를 하고 있는 것이다.

프랜차이즈 창업률이 연 27%인 데 비해 폐업률은 13.45%, 중도포기가 18.5%인 현실에서 가맹점에 대한 보호 대책 없이 무조건 프랜차이즈 사업을 활성화하겠다는 것은 받아들이기 힘들다. 산업 활성화 차원에서 지식경제부가 안을 내놓은 것은 이해할 수 있지만 가맹점주들을 보호해야 할 공정거래위원회가 이에 대해 일언반구조차 하지 않는 것은 도저히 이해하기 힘들다.

현재 지식경제부가 추산하는 2,426개 가맹본부 중 공정거래위원회에 등록된 것은 1,721개로, 나머지 700개는 등록도 안 되어 있다. 그러고도 가맹점을 하고 있으니 전혀 관리가 안 된다는 말이다. 또 등록된 1,721개 중에서도 1,113개가 직영점이 없다. 자기가 직접 경험을 해보고 가맹점을 모집한 게 아니라는 뜻이다. 이런 문제 때문에 2007년에 비해 2008년에는 분쟁 사건이 69%나 늘었다. 대부분이 가맹 계약 해지 및 가

성실한 젊은 일꾼의 실천

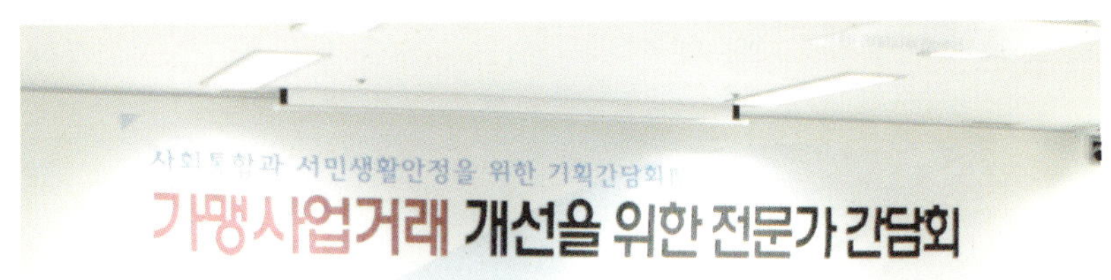

2009~2010년에 걸쳐 우월적 지위를 이용한 가맹본부의 횡포 등 프랜차이즈 산업의 심각성을 지적, 법안 및 제도개선을 이끌어냈다. 사진은 2009년 9월 23일 개최한 전문가 간담회 모습.

맹금 반환 사건으로 54%에 달한다. 공정거래위원회가 제도를 통해 충분히 보완할 수 있었음에도 불구하고 하지 않았던 것이다. 공정거래원회가 가맹본부 191개 업체를 상대로 실시한 서면조사에서 무려 178개, 즉 93.2%가 법 위반 혐의가 있다는 결과를 내놓고도 프랜차이즈 활성화 대책에는 이 같은 대책이나 대안이 전혀 없다는 것은 큰 문제가 아닐 수 없다.

따라서 공정거래위원회는 가맹본부가 1년 이상 2개 이상의 직영점을 운영해 보고 난 다음 가맹본부 신청을 할 수 있도록 제한 자격을 두어야 한다. 이것이 진입장벽일 수 있지만 가맹점들의 피해를 막기 위해서 이 정도는 충분히 검증하고 사업을 해야 한다는 게 내 생각이다.

권택기의 꿈, 약속, 실천

두 번째는 정보공개서 등록이다. 현재는 정보공개가 너무 부실하고 등록 이후에도 관리가 전혀 안 되고 있는 실정이다. 따라서 정보등록 업무를 한국공정거래조정원으로 이관해 실질적인 검증을 해야 한다. 사실 공정거래위원회는 이러한 문제를 감독할 여력이 없다. 그러다 보니 같은 사건으로 계속 고소를 당해도 조정이나 시정권고가 이루어지지 않는다. 최소한 한 업체가 몇 차례 고소를 당하면 다음 해에는 현장조사 대상에 포함시켜야 함에도 현실적으로 사후관리가 안 되고 있는 것이다.

세 번째는 사실 가맹점주들이 가맹점에 가입할 때 그 사업에 대해 잘 모르는 경우가 많다는 것이다. 이때 공정거래위원회에서 자격증을 발급하고 있는 가맹거래사들을 활용하는 것이 한 대안이 될 수 있다. 이들을 통해 가맹점주와 가맹본부가 계약을 맺을 때 조언을 해주거나, 아니면 부동산 거래할 때 공인중개사가 중간에서 중개를 하는 것처럼 활성화하면 가맹본부와 가맹점주 간의 정보력 불공정 문제를 해소하는 데 큰 도움이 될 것이다.

네 번째는 분쟁 조정을 할 때 가맹점주들이 불공정거래 내역을 밝히려고 해도 신분 노출을 우려해 신고를 못 한다는 점이다. 이후에 가맹본부로부터 차별대우를 받거나 해지 통보를 받기 때문이다. 따라서 철저한 신분보호가 필요하다.

마지막으로 하나 더 지적하고 싶은 것은 요즘 유행하는 스크린 골프에 관한 것이다. 인터넷에 '스크린 골프 가맹'을 검색하면 수많은 검색 결과가 뜨고 일부 홈페이지에는 가맹점 모집 광고가 뜨는데, 공정거래위원회는 스크린 골프장의 경우 가맹사업법에 근거해서 보면 가맹사업

성실한 젊은 일꾼의 실천

이 아니라고 보고 있다. 로열티를 받거나 지속적으로 관리를 해주거나 지속적인 거래가 없기 때문이다. 공정거래위원회에 정보공개가 올라온 예가 단 한 건도 없다.

그런데 문제는 이 스크린 골프장 초기 투자 비용이 부동산 임대비용을 빼고 대략 2억 5,000만 원쯤 드는데, 초기 투자 비용을 건질 수 있는 방법이 없기 때문에 대부분 불법영업을 한다는 사실이다. 얼마 전 경찰 단속에서 서울 시내 700개 스크린 골프장 중 36곳이 식품위생법 위반 또는 성매매 알선으로 조치됐다.

이런 가운데서도 정부는 프랜차이즈 활성화 대책을 내놓았는데 이제라도 가맹점주들을 제대로 보호하는 규정을 만들어 이들이 정말 경제회생의 밑거름이 될 수 있어야 한다. 점주 보호는 없고 본부 활성화만 있다면 이는 곧 더 심각한 문제로 번질 수밖에 없다.

권택기의 꿈, 약속, 실천

무법천지 상조업

 **현재** 우리나라 상조업체에 가입되어 있는 회원 수는 약 294만 명, 이 상조회원들을 관리하는 회사는 410개 정도다. 대체로 시장 규모는 3조 원쯤 된다. 1980년 일본에서 넘어온 상조업은 부산에서 시작돼 지금은 시장 규모가 상당히 커졌고, 앞으로 고령화 사회가 되면 규모가 더 확대될 게 분명하다.

문제는 정상 신고를 하고 안정적으로 운영되고 있는 회사가 2008년 현재 87개밖에 안 된다는 점이다. 여기에 가입한 회원 수는 대략 190만 명 정도. 이밖에 정상적으로 신고하지 않은 회사들은 약 120개, 신고조차 하지 않은 회사들은 약 200개 된다. 여기에 가입한 회원 수는 약 100만 명이다. 알다시피 정상적인 회사에 가입되어 있는 회원 190만 명도 상당히 피해에 노출되어 있는데, 그조차도 안 되어 있는 100만 회원들의 경우 앞으로 상당한 피해가 예상된다.

성실한 젊은 일꾼의 실천

그 이유는 이렇다.

우선 상조업에 아무런 법적 규제가 없다 보니 기본적으로 자본금 5,000만 원만 있으면 등록이 가능하다. 그러다 보니 너도나도 상조업체를 차려 410개 상조회사 중 제대로 회원을 관리할 수 있는, 적정 회원 1만 명 이상을 확보하고 있는 회사는 40개에 불과하고, 나머지 370여 개는 회원 관리가 제대로 이루어지지 않고 있다.

2008년 말에 조사했을 때 자산 총액 70억 이상 상위 매출 8개 회사 중에서도 자본금이 5,000만 원이 넘는 회사는 매출 순위 1위인 부산상조 1억 원, 그다음 보람상조 2억 원, 대구상조 1억 원 정도다. 매출 순위가 8위 안에 드는데도 자본금이 5,000만 원이 안 되는 회사도 다섯 곳이나 된다. 상조업에 대한 제대로 된 기준이 필요한 이유다.

두 번째는 현재 공정거래위원회에서 소비자 보호 차원에서 표준약관을 마련해 이를 준수하도록 권고하고 있지만 이것조차 제대로 지켜지지 않고 있다. 상조업체에 대한 문제가 제기되기 시작한 2006년부터 한국소비자원과 공정거래위원회에서 많은 관심을 두고 있음에도 불구하고 법은 마련되지 않았다.

한국소비자원에 걸려온 가장 많은 상담 사례가 계약의 해제·해지와 관련된 것으로, 전체 상담 건수의 60%에 이른다. 계약 해제·해지는 표준약관의 환급률 규정에 따르는 것인데, 매출 상위의 회사들조차 이 표준약관을 지키지 않고 있다. 초기에 납입한 회원들은 그렇게 손해를 안 보는 것(표준약관보다 환급률이 좋은 것)처럼 보이지만 중간 정도, 대략 20%만 넘으면 표준약관보다 훨씬 못한 환급률 때문에 소비자 상담과 구제 문제가 상당히 많이 발생하는 구조다.

권택기의 몸, 약속, 실천

'할부거래법 시행 대비 상조업 소비자 보호 방안' 간담회. 8개 상조업체의 재무제표 감사보고서를 면밀히 분석하여 부실 운영의 심각성을 고발함으로써 법안 개정을 이끌어냈다.

세 번째는 상조업체 운영 기준이 없다 보니 제공하는 물품에 대한 표준이 없다는 점이다. 매출 상위 8개 회사 중에서 제공되는 상품의 실물을 볼 수 있거나 홈페이지에 사진 등록을 하여 그나마 확인이 가능한 곳은 한두 곳에 불과하다. 나머지는 상품 실물 확인도 못 하고 홈페이지에도 사진이 등록되어 있지 않아 확인하는 것 자체가 불가능하다. 결국 사고가 생겨 상조 서비스를 받을 때 어떤 물건을 받을 수 있을지 모른다. 이 역시 소비자와 상조업체 간에 분쟁이 빈발하는 원인이다.

네 번째는 법이 없다 보니 운영 기준조차 없다는 것이다. 이것은 거둬들인 회비와 비교해서 금융자산 보유 비율을 분석해 보면 쉽게 드러난다. 부금예수금은 매달 들어오는 돈을 말하는데, 이는 사고가 생겼을 때

성실한 젊은 일꾼의 실천

소비자들에게 현물로 돌려주기 위해 준비금으로 가지고 있어야 된다. 그러나 현실은 전혀 그렇지 못하다.

매출 규모 5위인 DH상조의 경우, 금융자산 보유 비율 그러니까 예치금을 사고 발생시 바로 지급할 수 있는 준비금 성격의 자금이 3.97%에 불과하다. 매출 규모 8위인 동방종합상조는 11.37%, 2위인 보람상조는 17.22%이다. 은행의 경우 지급준비금이 있지만, 이들 회사는 그 준비금조차 가지고 있지 않다.

더구나 매출 규모 1위인 부산상조의 경우, 금융상품 위험자산 구성 비율이 74%나 된다. 이로 인해 2007년 12월 말 매도 가능 증권의 투자로 인한 평가손실 규모가 24억 5,000만 원이나 된다. 매출 규모 2위인 보람상조는 예수금을 가지고 의정부에 있는 병원을 84억에 인수했고, 지방 소재 관광호텔을 39억 원에 인수했다. 이렇게 부실 경영을 하는데도 기준이 없기 때문에 공정거래위원회는 단속조차 할 수 없는 게 현실이다.

경영부실의 또 하나 사례는 부금예수금 대비 영업비용 현황이다. 매출 4위인 현대종합상조 같은 경우는 부금예수금 대비 영업비용이 66.21%에 달한다. 보험업계의 영업비용 비율이 평균 15%인 데 비해 대부분의 상조업체들이 과다한 영업비용을 쓰고 있는 것이다. 결국 이 비용은 누가 부담하게 되는가? 회원들이 고스란히 부담할 수밖에 없다. 또 사고가 발생하더라도 아무런 대책이 없다. 이렇게 하는데 부실이 안 생긴다면 그것이 오히려 더 이상할 정도다.

영업손실과 당기순손실 문제는 더 심각하다. 매출 규모 1위인 회사조차 당기순손실이 20억 원에 이른다. 매출 규모 2위인 회사도 117억 원 손실이 났다. 당기순손실이 지속되면 결국 부금을 다 까먹을 수밖에 없다.

권택기의 꿈, 약속, 실천

사실 살 만한 사람들은 상조회사에 가입하지 않는다. 충분히 자기 보장이 가능하기 때문이다. 따라서 상조회사에 회원으로 가입하는 사람들은 대체로 서민들이다. 300만 서민이 위험에 노출되어 있는데도 이를 규제할 법이 없다는 것은 말이 안 된다.

여러 차례의 문제제기 끝에 공정거래위원회에서 할부거래법을 적용해 관련 법을 개정하겠다고 나섰다. 하지만 나는 상조업을 유사보험 방식이라고 생각하고 관련 법을 제정하겠다고 맞섰다.

내가 상조업을 유사보험으로 본 이유는 이렇다. 우선 매달 적립을 함으로써 적립금이 생기는 형식이고, 사고가 언제 날지 예측이 불가능하다는 것이다. 더욱이 해지할 때 위약금을 내게 되는데 이는 보험에 적용되는 방식이다. 또 통상적인 할부거래는 물품을 먼저 받고 그다음에 월별로 대금을 지급하지만, 이것은 물품은 나중에 받고 선납금을 내는 형식이다. 이랬을 때 중요한 것은 계약자의 신뢰도가 아니라 회사의 신뢰도다. 할부거래법은 계약자의 신뢰도를 중심으로 돼 있지만 상조업의 경우에는 운영 주체인 회사가 중요하기 때문이다.

할부거래냐 유사보험이냐를 놓고 국정감사 현장에서 갑론을박을 벌였지만, 정작 중요한 것은 소비자를 보호할 수 있는 장치가 있느냐 없느냐다. 상조업체는 등록제가 아닌 허가제여야 한다는 것, 선수금의 50% 정도는 적립을 해서 지급준비금을 반드시 마련해야 한다는 것, 증권투자나 부동산 소유 등에 관해서는 준금융에 준하는 엄격한 규제를 가해야 한다는 것 등이 명시된 법 조항을 만드는 일이 급선무다.

그렇지 않으면 300만 명에 가까운 소비자들이 모두 위험에 노출될 수

성실한 젊은 일꾼의 실천

밖에 없다. 지금 당장은 아니더라도 앞으로 5년 뒤, 10년 뒤 초고령화 사회로 가면 엄청난 민원이 생기게 될 것이다. 그래서 할부거래법 개정을 했고, 상조업을 '선불식 할부거래' 방식으로 포함시키게 된 것이다.

권택기의 꿈, 약속, 실천

평생샘실버스쿨
초보영어 제2기
2009년 6월 11일(목) 오후 2시 30분   장소

21세기 선진 헌법이 필요하다

1980년대 대한민국과 2011년의 대한민국을 비교하면 그야말로 상전벽해라는 말이 실감날 정도로 상당한 변화가 있었다. 냉전 시대에서 탈냉전 시대로, 아날로그에서 디지털 시대로, 단일민족 사회에서 다문화가족 사회로, 인쇄 문화에서 인터넷 문화로, 농업중심사회에서 지식정보사회로, 남성중심사회에서 양성평등사회로 급변했다. 또 1987년만 해도 1인당 GDP가 3,500달러에 불과했지만 2011년 현재 약 2만 달러 수준으로 성장했고, 정부 예산도 27조 원에서 309조 원으로 11배 이상 커졌으며, 교역 규모도 883억 달러에서 8,890억 달러로 10배 이상 증가했다.

잘 알다시피 1987년 개헌은 국민들의 피와 땀이 서린 6·10 민주항쟁의 결과물로 탄생했다. 대통령 직선제와 5년 단임제를 채택함으로써 우리 사회는 민주화되었고 민주주의 체제로 진입하는 데도 성공했다. 더

권택기의 몸,약속,실천

이상 독재정권과 장기집권의 가능성은 사라졌다. 오늘의 시점에서 1987년 헌법은 타고난 역사적 사명과 소임을 다했다고 할 수 있다.

따라서 이제는 세계화 시대를 주도하는 국가로서의 성장, 민주주의 발전 속도에 부응하는 정치시스템 구축, 한반도 평화와 통일 시대를 대비하는 21세기 시대정신을 담은 선진헌법이 필요하다. 소임을 다한 1987년 헌법은 역사 속으로 보내고 21세기 100년을 준비할 수 있는 선진 체제 구축이 필요한 시기다.

헌법은 자유민주주의와 법치주의를 기본으로 하는 우리에게는 흡사 물과 공기 같다. 우리 국민들은 헌법을 마시고 헌법을 숨쉰다. 그런 소중한 헌법이 헌 법이 되었다. 낡은 법이 되었다는 것이다. 썩은 물과 공기가 건강에 해로운 것처럼 낡은 헌법은 국가와 국민에게 고통을 줄 수 있다.

국회는 법을 만드는 입법기관이다. 대한민국을 선진국으로 만들기 위해 국회의원 30여 명이 국회에 개헌특위를 구성하고 21세기 선진헌법을 만들자는 제안을 했다.

그러나 반론이 만만치 않았다. 국론을 분열시킨다, 무익하다는 공격이 그것이다. 하지만 우리는 미래지향적 시대정신과 가치가 담긴 선진헌법을 후손들에게 물려줄 책무가 있다는 사실을 잊어선 안 된다.

지금 우리 헌법이 시대 변화에 맞지 않는다는 사실은 헌법의 기본권 조항 몇 개만 살펴보아도 절감할 수 있다.

먼저 장애인 보호 규정이 그렇다. 헌법 제34조 5항은 '생활무능력자'에 대한 보호 규정과 함께 '신체장애자'를 보호하도록 규정하고 있다. '신체장애자'라는 표현 자체가 장애인에 대한 편견과 장애인 복지

성실한 젊은 일꾼의 실천

2009년 9월 10일 (재)여의도연구소 주최로 열린 '선진화와 통합을 위한 개헌, 어떻게 할 것인가' 토론회. 개헌의 필요성에도 불구하고 추진에 많은 어려움이 있는 것이 현실이다.

문제에 대한 인식이 잘못되었음을 보여준다. 우리나라 전체 장애인은 251만 명이고, 그 중 정신장애인은 27만 명으로 약 10.8%를 차지하고 있다. 그러한데도 기존 헌법에는 보호 대상을 '신체장애자'로만 한정하고 있다. 따라서 이제는 '정신장애인'도 포함할 수 있는 포괄적인 장애인으로 개정되어야 한다.

둘째, 헌법 제121조에는 경자유전의 원칙을 두어 농지의 소작제도를 금지하고 있다. 이 조항은 과거 특수한 경제 상황 때문에 생긴 것이다. 일제강점기에 일본은 우리나라에 동양척식회사를 설립하고 장부상 소유자가 없거나 미신고한 토지를 강제로 불하받거나 매입하였다. 그 결과 1920년대 말에는 전 국토 경작지의 3분의 1이 동양척식회사의 소유가 되었고, 농민의 80%가 소작인으로 전락했다.

해방 후 농민들의 불만과 불평등으로 사회 불안이 고조되자 농지소작제도는 법률이 정하는 경우에만 인정했다. 하지만 지금은 농지 이용을 제한하는 것 자체가 재산권 행사의 자유를 침해하고 시장경제를 제한할 소지가 있다. 우리 농업은 자본의 영세화를 극복하고 규모 있는 농업 경영을 통해 농업경제 발전에 기여할 수 있어야 한다. 따라서 이 경자유전의 원칙, 소작금지제도를 지금 우리 현실에 맞춰 바꿔야 한다.

셋째, 헌법 제21조 '언론·출판의 자유'를 '의사소통과 표현의 자유'로 확대해야 된다. 21세기는 소통의 시대다. 예전에는 신문과 9시 뉴스에만 의존했지만 이제는 인터넷 포털 사이트, 페이스북, 트위터 같은 다양한 매체를 이용하는 시대로 전환되었다. 정보화 사회에서 언론·출판의 자유와 사생활의 자유, 통신의 자유, 알 권리 등이 상호 유기적으로 작용하면서 이 모든 기본권이 '의사소통기본권'으로 통칭될 수 있다. 따라서 21세기 정보화 사회에서는 보다 발전적이고 통합적인 의미를 가진 개방형 헌법으로 나아가는 것이 필요하다.

넷째, 헌법 제29조 2항은 군인·공무원·경찰공무원 등이 국가를 상대로 배상청구권을 행사하지 못하도록 하고 있다. 이 조항은 1972년 7차 유신헌법에서 처음 도입되었는데, 기본권을 제한하는 조항이므로 삭제해야 된다는 게 내 생각이다.

이 법은 1967년 제정된 국가배상법에서, 베트남전에 참전했다가 전사하거나 부상당한 군인들이 국가를 상대로 배상청구를 못하도록 한 데서 시작되었다. 당시 대법원이 위헌 판결을 내리자 유신헌법 초안자들이 합헌을 유지하기 위해 이 조항을 신설한 것이다. 그러나 그 결과 천안

성실한 젊은 일꾼의 실천

함 폭침사건 때 전사한 46명에게 지급하는 국가보상금은 일반 공무원에게 지급되는 것보다 크게 부족했고, 이 규정 때문에 유족들은 배상청구조차 할 수 없었다. 우리 국민들의 성금으로 유족들의 마음을 일부나마 달랠 수밖에 없었던 것은 바로 이 때문이다. 이제 우리 경제 규모도 선진국의 문턱에 서 있다. 더 이상 국방의 의무를 수행하는 군인들의 기본권을 제한하고 희생을 강요해서는 안 된다.

그 밖에도 많은 조항들이 시대 변화를 반영하지 못하고 있다. 물론 개헌 논의가 하루 이틀 있었던 것은 아니다. 2002년 대선을 앞두고 노무현 후보와 이회창 후보는 각각 임기 안에 국민의 뜻을 모아 개헌을 추진하겠다고 공약했다. 실제로 2007년 1월 9일, 고 노무현 전 대통령은 4년 연임제를 비롯해 국회의원 임기와 대통령 임기를 맞춰 줄 것을 제안하는 원포인트 개헌을 제안했다. 이에 2007년 4월 11일 6개 정당 원내대표들이 개헌 문제를 18대 국회 초반에 처리하기로 합의했고, 특히 민주당의 전신인 당시 열린우리당은 4월 13일 18대 국회에서 개헌을 추진하겠다는 당론을 정하고 한나라당에도 촉구한 바 있다. 이에 한나라당도 개헌에 대한 4대 원칙을 당론으로 정하기도 했다.

당시 노 전 대통령은 개헌 관련 대국민 특별담화에서 "우리는 변화의 속도가 국가의 흥망을 좌우하는 시대에 살고 있다. 변화가 필요할 때 변화하지 않으면 세계 경쟁에서 낙오할 수밖에 없고 개혁이 필요할 때 개혁을 이루는 것이 성공하는 대한민국으로 가는 길"이라고 밝힌 바 있다.

이명박 대통령도 2009년 8월 15일부터 지금까지 여덟 차례에 걸쳐 개헌의 필요성을 주장했고, 국회에 개헌을 요구한 것만도 네 차례나 된

권택기의 꿈, 약속, 실천

다. 2011년 2월 1일 방송3사 좌담회에서는 올해가 마지막 기회가 될 것이라고 촉구도 했다.

뿐만 아니다. 18대 국회도 개헌을 준비해 왔다. 김형오 국회의장 산하의 헌법연구자문위원회는 두 가지 개헌안을 담은 보고서를 마련했는가 하면, 국회의원 186명이 모인 미래한국헌법연구회도 2년 동안의 연구를 통해 2000쪽에 달하는 성과물을 내놓았다. 학계인 한국헌법학회도 개헌 연구를 해왔을 뿐만 아니라 시민단체에서도 4년간에 걸쳐 논의를 진척시켜 왔다.

1987년에 개정된 헌법은 6·29 선언부터 9월 16일까지 약 두 달 반 만에 개헌안을 만들었다. 따라서 "이미 개헌은 시기를 놓쳤다, 시간이 부족하다"는 주장은 개헌을 반대하기 위한 변명에 불과하다.

국민의 삶의 질을 높이는 민생 문제와 미래를 준비하는 일은 모두 국회의 소명이다. 개혁이 필요할 때 개혁을 이루는 것 또한 국회의 의무요 시대적 사명이다. 이제라도 당리당략을 초월하여 21세기 선진헌법을 만드는 것이 성공하는 대한민국으로 가는 길이라고 믿는다.

그러나 정치현실은 그렇지 못하다. 개헌이 정당 간 또는 각 집단 간에 첨예한 이해관계가 걸려 있기에 개헌의 필요성에 대해서는 공감하지만 개헌을 실천하겠다고 주장하는 사람은 특정인을 위한 계파적 이익을 대변하는 사람으로 매도되는 게 현실이다. 한 치 앞도 예측하기 어려운 세계경제 속에서 작은 기득권과 이해 때문에 큰 흐름을 놓친다는 것은 바른 정치를 하고자 하는 나로서는 이해하기 어려울 뿐만 아니라 너무나 안타깝다.

그러나 정치는 현실이기에 개헌의 필요성에도 불구하고 당장 개헌은 불가능한 것 같다.

성실한 젊은 일꾼의 실천

뿌리가 든든해야 흔들리지 않는다

2010년은 강제로 한일병합이 이루어진 지 100년이 된 해이자, 6·25전쟁이 일어난 지 60년이 된 해였다. 지난 100년의 역사에서 우리 민족이 겪었던 가장 큰 위기로, 아프고 고통스러운 시간이었다. 그 중 전자는 국가의 운명을, 후자는 국가의 이념을 좌우한 사건이었다. 그러나 아직 우리는 이 아픔의 역사를 치유하지도, 깨끗하게 정리하지도 못하고 있다.

일제강점기 36년 동안 독립운동에 참여한 인원은 약 300만 명, 그 중 희생자만 15만 477명이라고 국가보훈처는 밝혔지만, 1961년 국가유공자 보훈 체계가 정립되고 나서 현재까지 독립유공자로 포상된 사람은 1만 1,766명에 불과하다. 희생자의 10%도 못 된다. 게다가 독립운동가 후손들의 반 정도가 생활보호대상자라고 한다. 이는 나라를 위해 희생한 분들의 위상이 어떠한가를 여실히 보여주는 반증이 아닐 수 없다.

무한경쟁의 세계화 시대에 우리가 무엇보다 먼저 바로 세워야 할 것은 우리 역사, 우리의 정통성이다. 그래야 세계와 당당하게 맞설 수 있다. 일본과의 독도 문제, 중국과의 남북 문제 등 한 치도 양보할 수 없는 치열한 경쟁에서 그 무엇보다 중요한 것이 우리 역사에 대한 자긍심과 정체성 확립이라고 나는 믿는다.

그뿐이 아니다. 6·25 참전 유공자의 이야기를 들어 보면 정말 할 말을 잃을 정도다. 강원도 야전공병단에서 복무하던 고 박기택 일병은 정전협정이 체결되기 직전 만성기관지염으로 의병제대 결정을 받고 마산에서 치료를 받은 후 부대로 향하던 중 열차에서 떨어져 사망했다. 그러나 박씨가 의병제대로 기록되어 있어 유족들은 연금은 물론 군인사망보상금도 지급받지 못했다. 유족들이 뒤늦게 이 같은 사실을 알고 소송을 해 국가유공자로 등록은 되었지만, 사망보상금을 보훈처에 신청하자 보훈처는 사망 이후 5년인 청구 시효가 지났다며 거부 처분을 했다.

이에 유족들이 다시 소송을 제기하여 마침내 승소 판결을 얻어낼 수 있었으나 보훈처는 사망 당시 순직 군인들에게 적용했던 '군인사망급여금 규정'에 따라 고작 5만 환을 지급했다.

5만 환이다. 물가인상률을 고려해 현재의 가치로 환산하면 200만 원 수준이라고 할 수 있으나, 1962년 화폐교환 당시 5만 환은 5천 원으로 교환되었기에 현재 유족들이 받을 수 있는 사망급여금은 고작 5천 원이다.

과연 국가를 위해 희생한, 그것도 전쟁에서 목숨을 잃은 군인의 사망급여금이 5천 원이라는 것이 상식적으로 납득이 되는가? 그런데도 국가보훈처장도 모른다 하고, 국방부와 보훈처는 서로 책임을 떠넘기고 있다.

성실한 젊은 일꾼의 실천

2010년 2월 24일, 보훈회관에서 열린 광진구의 보훈단체 지회장들과의 간담회를 마치고. 국가를 위해 자신을 희생한 분들의 숭고한 애국정신은 보다 높게 평가되어야 한다.

그래서 나는 유족들에게 최소한의 예의라도 갖추기 위해 의원입법으로 발의를 준비했다. 이 법만큼은 이번 회기 중에 통과될 수 있도록 해야겠다.

2011년 6월 6일 현충일에 대통령은 추념사에서 "남과 북의 산야에 잠들어 있을 13만 호국용사들을 잊지 않고 마지막 유해 한 구를 찾는 그날까지 최선의 노력을 다하겠다"고 밝히며 "호국영령 및 애국선열을 기리는 것이 나라 사랑의 첫 출발이자 국가 통합의 초석"이라 강조하셨다. 그런데도 공무원들은 모른 척하는 건지 못 알아듣는 건지 도통 알 수가 없다.

2011년 4월 22일 월남참전 유공자들로부터 감사패를 받았다. 해병대 복장에 훈장을 달고 한껏 폼을 낸 500여 노장들의 얼굴 에 환한 웃음

권택기의 品 약속 실천

이 가득한 행사장에 들어갈 때 사실 미안하고 어색했지만 이왕 초청받은 행사니만큼 의연하게 감사패를 받았다.

이유는 지난 3월 29일 '국가유공자 등 예우 및 지원에 관한 법'이 개정·공포되어 월남참전 유공자들과 고엽제 후유의증 환자들이 국가유공자가 되었기 때문이다. 정무위원회 위원으로서 마땅히 해야 할 일을 했을 뿐인데, 우리 지역에서 나를 아껴 주시는 월남참전 용사인 이재홍 전 서울시의원의 추천으로 전체 정무위원을 대리해 내가 감사패를 받게 된 것이다.

이 법 개정에 내가 앞장선 이유도 앞서 말한 것처럼 국가가 위기에 처한 상황에서 국가의 부름을 받아 망설이지 않고 전장에 나가 나라의 안보와 사회 발전에 공헌한 분들의 명예를 높이고 숭고한 애국정신을 높이 평가해야 한다고 생각했기 때문이다.

우리 사회가 다원화되고 세계화되면서 갈수록 경쟁이 치열해지고 있다. 그에 따라 개인의 가치가 사회나 국가의 중요성보다 앞서고 있는 것 같다.

그러나 우리보다 앞서 국가를 위해 헌신한 국가유공자들을 높이 평가하지 않는다면 앞으로 나라가 어려울 때 누가 자신의 몸을 던져 국가를 위기에서 구해낼 수 있을까? 이제는 명예만으로도 부족할 것이다. 최소한 남은 유족들만큼은 국가가 책임져 준다는 확실한 믿음이 없다면 불가능하다.

그런 입장에서 보면 군인이든 경찰이든 소방공무원이든 국가와 국민의 생명과 재산을 지키기 위해 헌신하는 분들에게 그에 합당한 예우를

성실한 젊은 일꾼의 실천

2011년 3월 29일자로 월남전 참전 유공자와 고엽제 후유의증 환자들이 국가유공자로 인정받게 되었다.
사진은 법안 통과 후 대한민국고엽제전우회로부터 감사패를 받는 모습.

해주어야 한다.

뿌리가 깊은 나무는 바람에 흔들리지 않는다고 한다. 국가의 정통성 확보는 나라를 위해 희생하신 한 분 한 분을 국가가 지키고 국민이 존중해 줄 때 가능하다고 믿는다.

권택기의 꿈, 약속, 실천

처음으로 돌아가자,
거기 길이 있다

"돌출행동이다."

"그렇게 말할 자격이 없다."

"웃기는 짓이다."

이런 말들이 두렵지 않은 것은 아니었다.

오랫동안 뜻을 같이했던 분들에게 배신감을 느끼게도 했을 것이다.

이런 것들이 두려워 잘 될 것이라는 막연한 기대를 안고

기다린 시간도 짧지 않았다.

폭풍우는 지나가고 있다.

그러나 그 후유증은 쉽게 가라앉지 않을 것이다.

그게 더 두렵다.

누가 누구를 지목하여 쇄신의 대상으로 삼을 수는 없다.
나 또한 그 대상인 것을.

그러나
우리 스스로 변하자.
지도부에게만 책임지우는 것이 아니라,
지도부가 쇄신의 물꼬를 터주길 바라는 것이다.

2007년 국민이 우리에게 요구했던 국민대통합과 경제살리기 아닌가.
경제살리기는 안간힘을 다해 하고 있다고 생각한다.
그러나 이념의 갈등 속에서 국민대통합은 점점 어려워지고 있다.
국민은 보고 싶어할 것이다. 변화하는 모습을.

에필로그

불확실성이 두렵지만, 주저하다가 더 큰 두려움에 직면하는 일이 없도록
용기를 내고자 한다.

4월 29일 재보선에서 한나라당은 참패하고 며칠 뒤 노무현 대통령이
세상을 떠났다. 2009년의 일이다. 불과 1년여 전만 해도 대통령선거를
통해 경제살리기와 국민대통합을 기대하며 한나라당을 그토록 열렬히
지지했던 민심은 들끓었고 떠나가기 시작했다.

나를 포함한 초·재선 의원 몇몇이 요구사항을 편지에 적어 대통령께
전달하기도 하고 내가 속한 민본21에서 기자회견을 자청해 이런 현실
을 알리고 변화를 촉구하기도 했다. 변화의 필요성을 절감했는지 당에
서도 원희룡 의원을 위원장으로 하는 쇄신특위가 구성되어 공식적으로
활동을 시작했다. 쇄신특위는 45일 동안 22회에 걸쳐 열린 공식회의를
통해 4대 분야 33개의 쇄신 과제에 대한 방안을 합의하고 발표했다.
초·재선 의원들이 전달한 편지나 민본21의 기자회견, 그리고 쇄신특위
가 한목소리로 요구한 것은 단순했다.

일련의 사태에 대해 한나라당이 책임지는 모습을 보이려면 당 지도
부를 교체하고, 내각과 청와대 참모진까지도 대대적인 인적쇄신을 해
야 한다는 것이었다. 즉, 갈라진 민심을 모으고 대통합으로 가는 탕평의

권택기의 *꿈, 약속, 실천*

정치와 인사를 단행해서 국민의 뜻에 맞도록 국정 기조와 국정 시스템을 개편해야 한다는 주장이었다.

단순해 보이지만 단순하지 않은 요구이기도 했다. 이젠 당이 들끓었다. 쇄신의 당사자로 지목된 인사들이나 그 주변에서는 비난의 화살을 우리 쪽으로 돌렸다. 단합을 해도 시원찮은 판에 총구를 내부로 들이대고 있다는 지적은 점잖은 편이고, 당을 쪼개려는 분열 책동이니 소수 의원들의 돌출행동이니 하며 비난했다. 심지어 언론에서조차 몇몇 친이계 의원들조차 등을 돌렸다거나 분열했다는 기사를 쓰기도 했다.

국회의원과 원외 당원협의회 위원장들을 상대로 실시한 설문조사에서 내각과 청와대의 인적쇄신을 요구하는 응답이 88%나 되고, 쇄신연대가 발표한 쇄신안에 대해서도 찬성 의견이 높았음에도 쇄신을 현실로 옮기는 일이 당사자들이나 이해관계에 얽힌 이들에게는 이렇듯 받아들이기 쉽지 않은 일이었던가 보다.

그해 10월의 재·보궐 선거에서도 지고, 그 다음해인 2010년 6·2 지방선거에서도 참패했다. 그동안 줄곧 외쳐 온 국정쇄신, 당 쇄신, 당 화합에 대한 요구가 아무런 성과 없이 공허한 외침으로 끝난 데에 따른 민심 이반이었다. 또 청와대와 정부의 밀어붙이기식 국정운영과 이를 바로잡지 못하고 끌려 다니기만 한 한나라당에 대한 국민의 매서운 질책이었

에필로그

다. 그럼에도 불구하고 국민의 요구이자 우리의 요구인 당-정-청 혁신에 대해 여전히 냉소적으로 바라보거나 본질을 비켜가는 태도를 취할 뿐이었다. 이는 선거에서의 참패보다도 더 혹독한 국민들의 실망과 분노를 불러일으킬 뿐이라는 것을 알지 못하는 눈치였다. 아니, 알면서도 모르는 척하는 것일 수도 있다.

당 지도부를 교체하는 전당대회를 앞두고 민본21은 다시 한 번 쇄신을 요구하는 성명을 발표하지 않을 수 없었다. 성명에는 지방선거 패배에도 불구하고 그 속에 담긴 국민의 메시지를 읽지 못하는 당 지도부와 청와대의 일방통행식 국정운영을 지적하고, 다음과 같은 요구사항을 덧붙였다.

– 국정쇄신을 위해 우선 선행되어야 할 일은 청와대 참모진의 조기 전면 개편이다. 대통령에게 민심을 제대로 전달하지 못한 청와대 참모진을 직언형·소통형 참모로 즉각 개편하고, 새로운 인사들이 중심이 되어 국정운영 방식과 인사 시스템을 전면 개편해야 한다.
– 수평적 당-정-청 관계를 정립하기 위해 앞으로 청와대가 당 인사에 대해 더이상 개입하지 말아야 하며, 개혁적 중도보수 정당으로 새롭게

태어날 수 있는 계기를 만들어야 한다.

— 이번 전당대회는 당-정-청의 혁신을 확산해 나가는 광장이어야 하며,
새로운 리더십을 만들어 가는 과정이 되어야 한다. 이를 위해 선거 패
배에 책임이 큰 사람들은 자숙하고 불출마해야 한다.

— 또한 비상대책위원회는 국정쇄신과 당의 혁신을 요구하는 민심을
적극적으로 수용하고 반영해 나갈 수 있는 개혁적 인사들로 구성해
야 한다.

그러나 반응은 여전했다. 이명박 정부가 출범한 뒤 두 번의 재·보궐
선거에서 패하고 지방선거에서마저도 무참하게 깨진 당의 태도라고 보
기에는 무색할 정도로 비난 일색이었다. 돌출행동이다, 그렇게 말할 자
격이 없다, 웃기는 짓이다……. 이 글의 첫머리에 옮겨놓은 것은 당시
내가 한나라당 홈페이지에 올린 글이다. 우리 스스로 변하지 않으면 경
제살리기도 국민대통합도 모두 물 건너간다는 절박한 심정을 담은 호소
였다. 그러나 우리의 변화는 아직도 진행 중이다.

내가 정치를 시작하게 된 것은 이미 여러 차례 밝힌 대로 새 시대의
새로운 발전 동력을 만들고자 함이었다. 20세기의 사고로 21세기를 사

는 사람들로는 대한민국의 미래를 준비할 수 없다고 판단했기 때문이다. 질적 성숙을 도외시하고 양적 성장만을 부르짖던 사고방식으로는 새로운 동력을 창출해 낼 수 없다고 믿었다.

그래서 영웅 한 사람이 국민과 나라 전체를 이끌고 가는 리더십이 아니라 여럿이 함께 고민하고 토론해서 나아갈 방향을 결정하는 집단적 리더십으로 변화해야 한다는 것이고, 그것이 사회에 만연한 갈등 해소를 위한 합리적인 방법이라고 지적해 왔다. 또한 날로 심각해져 가는 양극화 속에서 국가나 사회가 뒤처진 계층을 보듬어야 사회가 안정되고 새로운 발전 동력을 만들어낼 수 있다고 끊임없이 주장해 왔다.

금융권으로부터 서민을 보호하기 위한 기관을 만들자는 것도 그 때문이고, 상조업체의 무책임한 운영에 쐐기를 박은 것도 그 때문이다. 감세의 초점을 수정하고 민생 예산을 확대하자는 취지를 담아 민본21의 이름으로 당 지도부에 전달한 '조세개편 및 재정지출 확대에 관한 정책' 건의도, 미소금융의 문제점을 지적하고 대안을 제시한 것도, 갈등조정법을 준비한 것 모두 그 때문이다.

국회의원이 되면 내 생각대로 잘 될 줄 알았다. 솔직히 참모 역할을 하던 시절에는 '어떻게 국회의원이 저 생각도 못하냐. 차라리 내가 하는 게 낫겠다'고 생각하던 때도 있었다. 하지만 막상 내가 국회의원이 되어 보니 한계가 너무 많다.

서열이며 기득권으로부터의 한계, 처리해야 할 법안이 너무 많다 보니 사안마다 꼼꼼히 챙기지 못하고 그저 방향만 같으면 통과시켜야 하는 한계, 입법 활동에만 매달려도 시간이 모자란 판에 각계각층의 다양한 사람들을 만나야 하고 선출직이기에 지역구도 챙기다 보면 못 마시는 술이라도 몇 잔 받아야 하고 그 숙취가 다음날까지도 이어지는 일이 반복되는 생활의 한계, 세상은 하루가 다르게 달라지는데 거기에 맞는 법 하나 바꾸는 데 1년 이상은 족히 걸리는 한계…….

이를 다 어찌 나열해야 좋을지 모를 정도로 한계는 곳곳에 지뢰밭처럼 널려 있다. 관행으로 생긴 한계도 있고 어쩔 수 없는 현실적 한계도 있다. 내 의정활동은 그 한계에 도전하고 돌파하려는 노력의 연속이었다. 그런데 돌아온 것은 돌출행동이니, 말할 자격이 없네, 웃기는 소리네 하는 비난이니 두 발에 힘이 풀릴 수밖에 없다.

"의원님, 파이팅!"

그럼에도 불구하고 내가 힘을 얻는 것은, 내가 선택한 길이 옳다고 여기는 것은 지역의 골목골목을 다니다가 만나는 주민들의 이런 응원 때문이다. 신문이나 방송에 내 얘기나 개혁적 성향을 가진 의원들의 얘기

에필로그

가 실리거나 전파를 타는 날이면 더욱 그렇다. 당에서는 소수일지 모르나 최소한 지역에서는 내가 다수다. 당에서는 알아주는 이가 적은데도 지역에 오면 모두 내 얘기에 고개를 끄덕여 주니 힘을 얻지 않으려야 않을 수가 없다. 더욱이 내 역할이란 게 지역주민들의 의견을 국정에 반영하는 것이 아닌가.

변화란 어렵다. 익숙한 길을 버리고 낯선 길을 걷는 일인데 어찌 편하랴. 하지만 변하지 않으면 미래가 없다는 내 생각은 한 치도 달라지지 않았다. 당이나 청와대도 바뀌어야 하지만 나 자신도 바뀌어야 하고 국민들도 바뀌어야 한다. 고통스런 일이다.

하지만 혼자만 바뀌는 게 아니고 함께 바뀌어야 하기에, 혼자 걷는 길이 아니고 함께 걷는 길이기에 그나마 다행이요 그 속에서 가능성을 본다. 그리고 그 길에 다다를 때까지 내 변화의 발걸음은 멈추지 않을 것이다.

왜 안 되는 일에 매달리느냐고 묻지 마라. 거기에 길이 있다.

권택기의 꿈, 약속, 실천